旅の断片

若菜晃子

アノニマ・スタジオ

はじめに

いつの頃からか、年に数度は時間をつくって海外を旅するようになった。旅先はなるべく行ったことのない国、あまり知られていない地域を選んで行く。

そうして旅に出ても、特別な目的をもって行動するわけではなく、また名所旧跡を丹念に見て回るわけでもない。大都市にも興味がない。だからロンドンにもパリにもニューヨークにも行ったことがない。ただその国の人も行かないような地方を訪れて、自然のなかに入り込み、小さな町に滞在して、そこに生きる人々と同じようにパンを買い、坂道を歩き、夜中に横たわって吹く風の音を聞いていたりするだけなのだ。けれどもそうすることで、私は今まで知らなかったことを身を以て知り、そこで知り得たことを何度も咀嚼しながらその後の人生を生きている。

旅とはそうして未知なる国に行き、新しい発見をすることでもあるが、同時にふだんの生活では見ないように触れないようにしている、自らの未知なる深層にロープを使って降りていく旅でもある。

私はこれまでの人生を悩み、迷い、行きつ戻りつながら歩いてきた。その歩いていく過程で旅に出て、物理的にも心理的にも日常から隔離された場所で、しばし立ち止まって、自分のゆく先と心のなかの真意を見つめ直す時間が必要だった。

私にとって旅とは、未知なる国への旅であり、未知なる自分への旅でもある。

ここに集めたのは、そんな旅の街角で拾った記憶の断片である。どれもいつしか指の間からこぼれ落ちて消えていってしまうような一瞬ばかりだが、私にはどれひとつ欠くことのできない、人生の一片である。

TAS

人々の街角

英国、裏庭の冒険

地中海の島キプロス

土産ばなし

インドのおじさん

サハリン点描

インドネシア・スマトラの雨

花のスリランカ

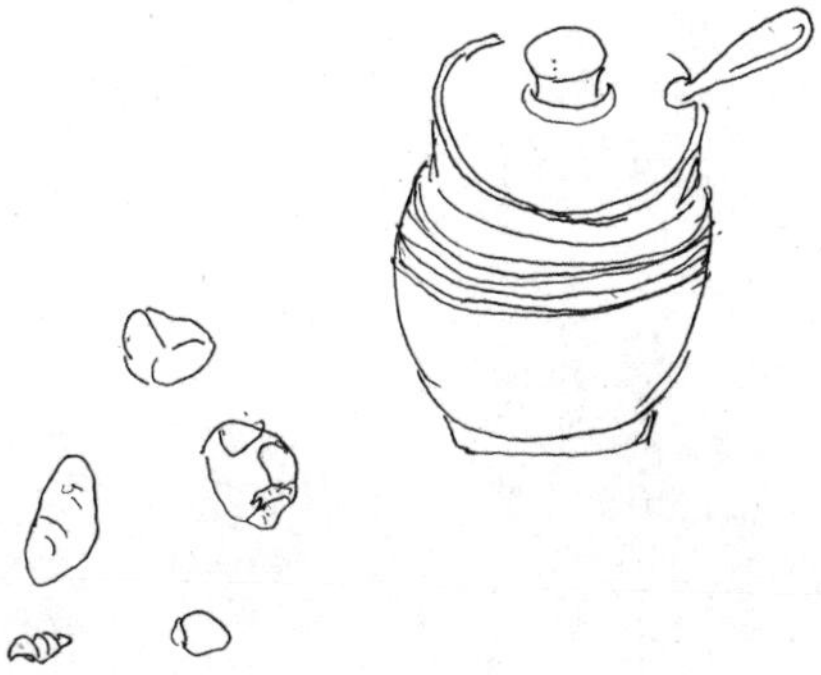

デザイン　櫻井久（櫻井事務所）
絵　若菜晃子
編集　村上妃佐子（アノニマ・スタジオ）

旅の断片

もうひとつの人生

見知らぬ町を歩いていると、ちょっといいなと思う家がある。
玄関前のテラスに古びた椅子が二脚、道に面して置いてある。
椅子の背後の壁には小窓がふたつ、ついている。
玄関のドアを開けるとそのまま居間になって、
その奥に台所があるような、ごく小さな家である。
台所を抜けた裏には庭があって、
明るい色の草花が花盛りだったりする。
表のテラスの横には、やわらかな緑の葉をつけた、感じのいい木が立っていたりする。
あの家に住んだら、どんな気持ちがするだろう。
あの家に住んで、毎日テラスの椅子に座って、
道行く人を眺めるのはどんな気分だろう。
今の暮らしから遠く離れて、この町で暮らしてみたらどうだろうか。
一生だと難しいかもしれないが、数ヶ月、
いや数年ならできるのではないだろうか。
それがいつの日か一生になるかもしれないけれども。
どの国のどの街の片隅でも、人々は日々を生きている。
もうひとつの人生がここにはあるのではないだろうかと心の隅で思いながら、
私は貸家の札の下がった、花咲く庭をもつ小さな家の前を通り過ぎ、
旅を続ける。

旅の夜

ブリークの夜

スイスのチューリッヒから、ブリークに着いたのはもう夕刻であった。

ブリークはヴァリス地方を縦貫する氷河鉄道の中間駅で、ここからツェルマットへ向かう線と、アレッチ氷河へ向かう線が分かれる中継地点でもある。それだけにきっと大きな駅だろうと思いきや、むきだしのホームが二列あるだけの地上駅で、列車は音もなく到着すると人々を降ろし、また静かに去っていった。駅舎らしいものもなく、踏切もなく、ホームから地面に下りると、道はそのまま町へとつながっていた。

森閑として、夏の夕方の空気はひんやりと冷たく、いかにもアルプスに包まれた山麓の町のたたずまいだった。私はそのときが初めてのヨーロッパであり、初めてのスイスだったので、右も左もわからなかったが、駅を出て、線路を渡って、地図を見て、宿へと向かった。幸い宿は駅から数分の距離ですぐに見つかり、私は部屋へと通された。

それは今歩いてきた通りに面した、二階の小さな角部屋だった。穏やかな森の木の香りがする部屋には、清潔な白いシーツのかかったベッドと簡素な椅子とテーブルがあり、表に向いた小窓にはカーテンがかかっていて、すでに閉まっていた。

窓に近づいてカーテンをそっと開けて見ると、外はもう薄暗くなっていて、道を隔て向かいの建物が見えた。その建物は住居のようだったが、私のいるホテルの部屋と同じように、その家の二階にも木枠の小窓があり、窓辺にはランプが置いてあって、オレンジ色のあかりが灯っていた。ああ、あの部屋には誰かが暮らしているのだなと思った。私は着いたばかりのこの町で、そのことがひどくうらやましい気がした。

夜寝ていると、時折石造りの道を歩く、こつこつという足音が聞こえる。ブリークはいたって静穏な町であった。

夜、馬車に乗って

インドネシアのブキティンギの街を一日歩き回って帰る頃には雨になっていた。商店にはあかりがついて濡れた路面を照らしている。宿は街はずれの丘の上で、歩けない距離ではなかったが、馬車で帰ることにした。ブキティンギも今は当然車社会だが、まだ一頭立ての馬車も走っているのである。夏場以外は観光客のほとんどいない街で、馬車は荷物を持った女の人や家族連れが気軽に利用しているようであった。

馬車は街のところどころで人待ちをしていて、路上でバナナを売っていたおばさんが店じまいをしている市場の入口にいた馬車に乗る。行きにもこの馬車を見ていて、馬は茶色いきれいな馬で、人のよさそうな御者のおじいさんと目が合って会釈をしていたから、乗るならこれに乗ろうと思っていたのだ。値段交渉をして乗り込む。馬車は木製で、御者の後ろに大人がふたり座れるほどの座席があって、天蓋がついている。ごく小さい造りである。飾りつけもほどよく、馬の頭には赤いぽんぽんがついている。

アスファルトを走り出した馬の蹄の音が独特である。パカランパカランではなく、パッカコッコ、パッカコッコ、パッカコッコと軽快で、あかりのにじむ夜の街に響く。涼しい夜風も心地よい。

おじいさんはイスラム教徒がかぶる帽子を頭にのせ、小豆色のジャンパーを着込んでいる。時々チョッチョッと舌を鳴らしたり、「ユアン」と聞こえる言葉で馬に声をかける。ゆっくりという意味だろうか、いい子だという意味だろうか。決して大きい声を出したりしない。馬はさほど大きくはないがおとなしく、耳を動かしてはおじいさんの言うことを聞いている。街で人待ちしていたときから馬とおじいさんのようすに信頼関係があるのを感じていたのだ。馬のたてがみが風になびいてそれに車のヘッドライトが当たって白く光っている。パッカコッコ、パッカコッコと走る馬の体が上下に動く。生きものの動きである。

馬はこんなふうに重たい連中を乗せて、気の毒だなと思う。こんな車道では車の排気ガスもひどいだろう。馬の横をバイクが急にすり抜けていったりもする。市場の横で休んでいる方が楽だったのではないかと思うが、じっと立っている方がつまらないかもしれないしとも思う。少しでも体を動かした方が、夜風を切って走った方が、嬉しいのではないだろうか。しかし本当のところはわからないしわかるはずもない。こうして街なかで車の間を走る運命であることは決して楽しくはないだろうけれども、そのなかでこの馬にとっていちばんましなことはなんだろうかと考えてしまう。そう考えると、少しでも自分のかいばを稼いだ方がよいかもしれないし、お客を乗せて走ることで少しは役に立ったと思えるかもしれない。そんなこと、馬が思っているかどうかわからないが。他にしようがないから、やっているだけかもしれない。そういうことをあれこれ馬車に乗りながら考えてしまう。

そうこうするうちに馬車は交差点を左に曲がり、さらに右に曲がって宿の方へと坂を上がっていく。

実は馬車に乗ろうとなったときに、今日の宿は丘の上だから途中の上り坂がきつくて上がれないのではと内心心配していたのだが、案の定、坂にさしかかると、カーブしている上に雨に濡れた路面で蹄が滑って、立ち往生してしまった。馬もおじいさんもあたふたしてしまう。私たちは慌てて馬車から飛び降りた。おじいさん、もうここでいいよと声をかけるが、おじいさんは平気だからちょっと待て、というふうに言う。幸い坂道は車通りがなく、馬は道脇の草地で体勢を整えて再び上がっていく。荷が軽くなったら、ちゃんと上がれた。

坂の手前でよせばよかったと思いながら、馬車を追って草の匂いのする夜の坂道を上がっていく。雨はすでに小雨になっている。アスファルトが街灯で黒光りしている。

やはり結構な傾斜だと思いながら馬車に追いつくと、御者のおじいさんはまた乗れと言う。悪いからいいよと遠慮するが、結局乗る。そこからは平坦なので、馬も人も安心してパカポコ行く。

最後の十字路から再び坂になるので、私たちは馬を停めてもらって降りた。降りてお金を払ってから、馬をなでてもいいかと聞いて、なでさせてもらう。鼻面をなでてあげたいところだが、馬は顔に革の面をつけていて皮膚が出ているところがあまりなく、少しだけ頬が出ていたので、そこをなでる。ありがとうねと話しかけると、耳が動いてじっと聞いている。おじいさんが時々、大丈夫だと馬を安心させる声をかける。なでる手を止めると、馬はもうおしまい？　というふうに顔を向けてこちらを見た。

私がなでるのがおしまいとわかると、おじいさんと馬は雨が止んでさらに涼しくなった暗い道を、行きの坂道とは逆の方向に、パッカコッコ、パッカコッコと、足音だけを残して遠ざかっていった。

夜、馬車に乗って

ラクダ使いのミティ

インドのラジャスタン州に広がるタール砂漠をめざし、午後にジャイサルメールの町でジープをチャーターして出かけると、集落もなにもない、荒涼とした砂漠のまんなかで人が乗ってきた。ラクダ使いのミティだという。彼が今日の道案内役のようである。

私たちはところどころでジープを停めては石を拾ったり、写真を撮ったりしながら進んでいった。いぶかしげにそのようすを眺めていたインド人たちは、どうやらこの日本人ははるばるインドまで来て石ころが拾いたいらしいと理解して、自分たちもそのへんに転がっている石を拾っては、これはどうだいと見せてくる。

皆で拾った石を品定めしていたら、ミティがこれはラクダ石だと言って差し出してきた。白っぽい灰色をした平たい砂岩で、小さなくぼみのあるその石は、言われてみるとラクダの顔に見えなくもない。ひとしきり眺めてから返そうとすると、どうぞ、僕は本物のラクダをたくさん持っているからと言って笑った。

そうして砂漠の集落まで行き、焚き火をおこして食事をし、ひとときを過ごして戻ってきたのは夜遅くだった。行きと同じように、途中でミティがジープを降りたので、別れ際いつもするように手を差し出すと、ミティは困ったように私の指先にそっと触れた。そうだ、インドでは宗教上、男性が女性に触れることはないのだった。

それからミティはなんの目印もあかりもない暗闇の砂漠を、どこかへ向かって歩いて帰っていった。

月夜の晩

夜に目が覚めて外へ出たら、テントの入口の地面に光が射していて月夜だとわかった。木々の間から月の光が射し込んで明るい。それがキャンプ場の地面を照らしている。まるで昼間のように。満月かなと思って空を見るとはたして満月だった。

木々は黒々と立っていて、おそらく月の光の当たっている面だけが明るく光っているのだろうと思うが、逆光なのでこちらからは見えない。こちらには背を向けて、月に向かって黙って立っているようにみえる。

月の光はとても明るい。まぶしいくらい明るい。しかしだいぶ傾いていて、つけっぱなしで寝ていた腕時計を見ると朝の四時だった。もう月が山に入る時間だろうか。けれどもあたりはまだ月明かりで明るい。以前、苗場山の中腹の赤湯温泉で見た満月のように、カナダのキャンプ場でも月を直視するのがこわいかと思ったが、そうでもなかった。あのときよりも月が遠くにあって、小さく見えるせいだろうか。

歩いていく地面も月明かりで明るい。ヘッドライトを消したまま歩く。まるで街灯がついているかのような明るさだ。そのぶん踏んで歩く草ぐさの影は黒い。キャンプ場は寝静まっていて、寝息が聞こえるテントもある。

同じ道を戻ってくると、木々の間から月の姿全体が見えている場所があって、満月は煌々と周りの雲を照らしていた。雲は波のように月の周囲を漂っている。漂う雲の形が月を沈黙のうちに取り巻いているようにみえる。

そのままテントまで戻ってきて、地面を見るとだいぶ明るさが減っていた。テントの入口に射す光も減っている。中に入る前にもう一度木々の間から月をのぞくと、山の端に入りかけて、雲はうっすらと月の表面にかかっていた。もうすぐ朝になるのだろう。

そのままテントの中で横になって起きていたら、しばらくして最初の鳥が鳴いた。甲高い声でひと声ひと声鳴く。時計を見たら四時二十五分だった。

夜の遊園地

ニューカレドニアの首都ヌメアで毎朝開かれる朝市の隣に、小さな遊園地があった。遊園地といっても、メリーゴーラウンドやミニ機関車といった遊具が狭い敷地にいくつか置かれているだけで、生まれて初めて遊園地に連れてこられた小さな子が、喜んでどれかに乗りたがるような施設であった。

朝、その横を通ったときは開いていなくて、がらんとして人は誰もいなかった。いつ動くのかな、それともどこかで使った遊具を持ってきて置いてあるだけなのかなと思いながら通り過ぎ、翌日の夜また同じ道を通ったら、色とりどりの電気がぴかぴかと満艦飾に輝いて、きらびやかな遊園地に豹変していた。

ピロー、ピロリローと、遊具の動きに合わせてもの悲しい電子音の音楽も流れている。子どもたちが親たちと一緒に、嬉しそうにはしゃぎながら汽車やブランコに乗っている。子どもが遊ぶ遊園地が夜開くのだ。暗がりに燦然と浮かび上がるその光景に、急に子どもの頃に読んだ外国の物語を思い出す。

なにもないはずの夜の暗闇の森からアコーディオンの音がかすかに流れてきて、音を頼りに近づくと、きらきら光るメリーゴーラウンドが忽然と現れる。あるいは、夕暮れどきに乗っていたメリーゴーラウンドが、くるくると回りながらいつしか星のまたたく夜空へと昇っていく。それらの幻想的な光景はこうした遊園地からイメージされていたのだろう。このさびしいような、泣きたいような、夜の遊園地の醸す雰囲気を物語の作者は感じていたのだろう。

夜にはたしかにあったのに、朝になったら跡形もなく消え去っている。物語でもそれは夢のなかの出来事のように描かれていたが、現実の夜の遊園地も、この世を少し離れて浮遊している、明るいまぼろしのようであった。

夜の台北

台北の街を歩いて夕食を食べてホテルへの帰りがけ、繁華街にあるカフェの前を通った。カフェは地元のチェーン店らしく、まだ春の浅い夜の十時を過ぎて冷え込んできているにもかかわらず、人々がたくさん集っていた。

その店の前の歩道に「修理」と書いた札を貼った小さな机を出して座っているおじさんがいた。机の上には精密機器の部品と思われるビスやネジなどの細かいものがびっしり入った箱が載っている。横目で見ただけだからよくわからないけれども、おそらく時計の修理屋さんだろう。もう時間も遅かったので、店じまいで片付けに入っているらしく、おじさんは少し疲れたようすで箱の上に身を屈めていた。

おじさんは痩せて白髪を七三分けにした、真面目そうな顔つきの人だった。いかにも以前は精密機器メーカーに勤めていて、黙々と自らの技術を磨き、製品を作り出していた職人の感じだった。なにがあって今は夜の街角であゝした仕事をしているのかわからないけれども、自分がもつ手の職を生かしてわずかなお金でも得ようとする姿勢が好ましく思える。道行く人の時計ひとつ直したところでおそらく微々たるお金しかもらえないだろう。あるいはもっと違う労働をした方が割はいいだろう。けれどもあくまで自分の本分で食べていこうとする生き方もまた、正しいと思う。そこに人としての矜持を感じる。それほどまでに実直そうな人なのだ。

だからああいう人を見ると、自分の今持っているもので、なにかこの人に直してもらえるものはないかとポケットの中を探りたくなる。でも今自分がそういうものを持っていないことが残念だ。それで黙ってその人の前を行き過ぎてしまう。振り返って見るのも失礼な気がして、そのまま前を見て歩く。歩きながらあの人に幸多かれと祈る。

夜の旅

夜というものはいつも不安だ。

旅においても夜はいつも不安だ。特に夜の移動には不安と緊張がついてまわる。本当は、なにも夜に移動しなくてもよいのだが、旅において夜、移動するのは、夜は眠ってしまうのだから、その間に移動していたら一石二鳥ではないかという考え方で、かくして旅は夜となる。ことに海外においては、移動の多くは夜の道行きである。

昼間を過ごした町を出て、早い夕食を済ませ、日が暮れて薄暗くなったなかを、寝台列車の出る駅へ、長距離バスの乗り場へ、船の停泊する港へと、重い荷物を背負って歩いていくのは、なにかひどく張りつめた、息苦しい心地のするものだ。

そこには、暗いとか危ないとか見えないとか、夜本来のこわさに対する本能が働いているのかもしれない。ましてや異国の夜である。見知らぬ人々と夜をともに移動する緊張感、いつもと違うことをしている不安感、そして、ここではないどこかへ行こうとしている寂寥感。あらゆる感情がないまぜになって、沈黙してしまう。

あるいは、家や宿で静かにしていなければいけない時間に動き回っていることに対する罪悪感かもしれない。自分がいるべき場所に今いないというおそれの気持ち。しかし、その気持ちのどこかに、わずかに高揚感も認められる。日常をはみ出した、別世界へのちょっとした冒険に出かける気持ちともいえようか。

実際には、乗り物に乗り込んだ後にするべきことは多い。まず今晩の寝床を確保し、そこを少しでも自分仕様に整え、未知の夜から身を守る小さな巣を作らねばならない。多くの場合、夜行は清潔で簡素で、安宿に泊まるよりもむしろ快適で、すぐにお気に入りの居場所となる。

そして長い夜を過ごすために、買い忘れた嗜好品を買いに出る。海外の乗り物は日本と違い、時間どおり発車ということはまずなく、しかも前兆なく突然動き出すので油断ならない。横目で見張りながら手早く買い物を済ませ、急いで戻る。

座っていると、今度は物売りが回ってくる。じっくりと眺め、イエスだのノーだの言う。同じような旅人が乗り込んでくることもあるが、ほとんどが皆現地の人々ばかりで、夫婦や家族連れで長距離を移動している人が多い。目が合うと、わかっているよ、というように軽く頷いてくれる。

そしてようやく落ち着いた頃には、もう乗り物は動き出す。

初めのうちは、駅や広場や波止場の光がゆったりと動く窓の外に明るく輝いていて、町や人の気配を感じるが、それもしばらくで後方へと過ぎ去り、周囲は暗闇となって、なにも見えなくなってしまう。

大抵はこのあたりで日中の疲れが出て寝てしまうが、絶え間ない振動で必ずまた目が覚める。夜中の一時二時、窓の外は変わらず暗闇でなにも見えない。しかしその暗闇に目を凝らすと、徐々にいろいろなものが見えてくる。

たとえばそれは、山の端に鈍く光る丸い月だったり、月の光に浮かび上がるサボテンだったり、なにもない荒涼とした砂漠だったり、遠くにぽつりと見えるあかりだったりする。いずれにせよ、見知らぬ大地が、暗がりのなか、猛烈な速さで目の前を飛びすさっていく。そのどこまでも続く夜を見ていると、今、自分は確実に日常とも日中とも違う次元にいると感じる。そうしていつしかもろともに、深い夜の底に沈んでいく。

さまざまな出来事が起きる昼間には感じることのできない、はてしない時間空間を夜は感じさせる。それは夜にしかないはてしなさであり、得もいわれぬさびしさでもあるが、同時にどこか心地よい、涼やかな感覚でもある。夜という時空のなかで、今、存在している自分。

私は寝ているのか起きているのかわからない、ぼんやりとした頭で思う。

いつまでもこうして夜が続いてほしい。

メキシコ断簡

砂漠断簡

さっき岩の上で昼寝をした。体の上を吹いていく風が気持ちよかった。岩が傾いているのが寝転がって初めてわかった。斜めになったまま寝た。横を向くと岩の間から白い花が咲いていた。岩の感触はざらっとしていた。

自分が花を踏んづけていないか気になる。ものすごく小さな花がいっぱい咲いているので。ただ花をつけていないだけで、今は葉だけのものや、枯れているものもたくさんあって、それも同じ植物なんだけれども、そこまではわからないので、せめて今、花をつけているものくらいは踏まないように気をつけて歩く。

こうして夢中になって絵を描いているると光が熱く腕に当たっているのを感じて、それが幸せだったりする。花の絵を描くときも、よく見て描くように自分に言い聞かせながら描く。そうしていると小さく鳴く鳥の声が聞こえる。自分の影が花の上に映っている。

小さい花の間で小さい花の絵を描いたりしているのが、自分はいちばん好きなんだなと思う。こういう小さい花が咲いていることなんて車の中から見ているだけでは小さすぎてわからない。メキシコに来なければ砂漠にこんな花が咲いていることもわからない。もちろんわからなくてもいいのだけれども、私はそれをわかっていたいと思う。

小さい花々が咲いていることがすなわち永遠を示すということが、若い頃にはわからなかったけれども、その感覚は少しずつ自分のなかで育まれてきた。自然は人間と関係のない次元で動いていて、人間には絶対に作り得ないものが自然には存在している。

車から降りて地平線を見渡す場所で小さい花が咲いているのを見るととても安心する。まだ大丈夫だと思う。まだ人に荒らされていない場所が地上にはあることに安堵する。そしてこの小さな花たちがずっとここで咲き続けていることを願う。

昨日の夕方、塩田に行くまでの間に見た太陽の輝きがおそろしく美しかった。水平線に沈みかけた太陽が、子どもの描く絵のように放射線状に光線を放っているのを目の当たりにして、メキシコ人がソル（太陽）を大切に思う気持ちがわかる気がした。そうかこれかと思った。空では雲が、地では草ぐさが、それによって光り輝いている。

サボテンに巣を作るというフクロウの穴を見つけてのぞいてみるが、いるかいないかわからない。先ほどはハヤブサがサボテンのてっぺんに止まってあたりを睥睨していた。たまたまここにいてこの景色を見ているということ。

サボテンがどこまでも広がる大地に夕陽が沈むのを見ていた。無数のサボテンがあって、遠くに山並みがあって、その上空が赤くなって、だんだんに色が落ちて青白くなっていく。そこに存在するものすべてが今日という日の終焉を見届けているようにみえる。時折鳥がさっと飛ぶ。日が沈んだ直後に鳴く鳥もいる。あたりは静けさだけで、音のない世界になって、その静寂が教会や寺院にいるときのようだ。原始宗教も自然から発しているのだし、神は自然が神格化したものなのだろう。深い静寂。人間などいない、人間など関係ない空間。なんの音もしないし、なんの違和感もない。その感じは人間の奥底に眠る感覚に直接訴えかけるものがあって、頭を垂れて祈りたくなる。

コルテス海を望む砂丘に上がっていく。日が沈んだ後、水平線はまだ薄い水色をしている。鳥の群れが陸地からやってきて、中空に浮かぶ月のそばを通っていく。なんの鳥かと目をこらすと、ペリカンだった。ペリカンの群れが大きな翼をゆっくりと羽ばたかせながら、月のそばを通ってねぐらに帰っていく。月が次第にメキシコの銀細工のように光り出す。夜のとばりが下りてきて、月の周囲から夜が濃くなっていく。やがて月光が銀の粉を海面に落としたようになると、海は輝く海の道をつくった。

コルテス海にて

メキシコ本土の西に細長く延びたバハ・カリフォルニア半島。この半島のなかほどにあるサンタ・ロザーリアから対岸のグアイマスまで、コルテス海を飛行機で横断したときのことであった。

朝、サンタ・ロザーリアの町から車で着いた小さな飛行場にはプロペラ機が一台停まっていた。プロペラ機の横には青い養生シートで小屋掛けされたあずまやがあって、人が数人座っている。砂漠地帯のあまりに強い太陽光線を避けるために建てられたようだ。あずまやの他には、少し離れた位置にコンクリートでできた兵士の詰所がぽつんとあるだけである。

これから乗る飛行機はすでに停まっていたプロペラ機ではないようで、小屋掛けの下で人々に混じって荷物を抱えて待っていると、地平線の向こうから、平原に広がる無数のサボテンの頭を越えて、ブゥーンと音を立ててもう一台、プロペラ機が飛んできた。回りで話されている言語はすべてスペイン語で、なにを言っているのかさっぱりわからないが、私たちが飛んできたプロペラ機に乗ることだけはわかった。

プロペラ機は正確に、そして悠然と目前に着陸した。降りてきたパイロットは知的で快活な顔つきの初老の白人で、ブエノスディアス！　と笑顔で挨拶しながら、タラップの前で乗客ひとりひとりと握手をする。この人なら命を預けても大丈夫だろうと信頼させる、スマートで自信に満ちた態度である。彼は小さな籠を手にしていて、握手とともにキャンディサービスもする。忙しい客室乗務員兼機長である。

荷物は飛行機の前部に載せるようになっていて、乗客は十数人で、全員が乗り込むと小さな飛行機はすぐに動き始めた。機内の座席はひとつずつ独立していて、私は幸運なことに最後列の角の窓近くの席だったが、もう一方の窓際の席の小太りのおばさんは、離陸のときには十字を切り、無事に水平飛行に移った後もひたすら聖書を読んでいた。

飛行機が安定すると、一斉に紙包みを開ける音がして、乗客は皆もらったキャラメルキャンディを食べ始めた。操縦席は乗客から見える位置にあり、パイロットは革手袋をはめて、始終左右を目視しながら操縦している。

私はキャンディは食べずに手に持ったまま、右手にある小さな窓から眼下を見た。飛行機はすでに陸地を離れ、コルテス海の海上にいた。海の青は正真正銘のコバルトブルーである。振り返ると半島の海岸線が霞みながら遠ざかってゆくのが見えた。海面には波が立ち、照りつける太陽の光で波頭が銀色に光っている。小さな窓から見渡すかぎり銀色の海を見ながら、突然私は、これほどまでに広く、さまざまなものが生きている世界で、自分などいてもいなくてもいいのだと思った。これまでにも海上を飛んだことはもちろん、海中にも潜り、広大な海に接した経験は数え切れないほどあるのだが、コルテス海のはてしない銀波を上空から見たときに、はっきりとそう悟った。それは啓示ともいえる明瞭な思念であった。

たとえばこの飛行機のパイロットも、少なくとも今、この飛行機を操縦することで私たち乗客の役に立っているかもしれないが、そして彼はそのことをきっと誇りに思っているだろうが、でももし彼がいなかったとしても、代わりはいくらでもいる。もちろんどんな人も、家族や周囲の人たちにとってはなくてはならない、代えのきかない大切な存在だが、世界にとっては代わりのきく存在なのだ。自分がもしなにかをなしたところで、これほど広い世のなかで、そんなことはつゆほどのことでもない。そのことを知る人はごく限られた範囲のひと握りの人々だけでしかない。それはなにも私だけではなく、有名無名にかかわらず、どんな人であっても同じことなのだ。

以前お会いした哲学者の梅原猛先生が「人間は浜辺で小石を拾っては、これだと言っているにすぎない」とおっしゃり、常に真理を追究しようと邁進する先生がそのような思いを抱かれていることに衝撃を覚えたのだが、日本ではよく知られた梅原先生であっても、ここにいるメキシコ人たちは知らないし、先生がいてもいなくても同じだし、発見した事実も新しい論理も彼らに対してほとんど意味はない。自分がしている仕事だの研究だのは、他人のためではなく、自分がそれをしたいからしているだけで、すべて自分の満足、自分の欲求、自分の納得のためでしかない。それが会社のため、ひいては人のためにならなくてもいいし、なれると思っている方がおこがましいのであって、なれるはずもない。そもそも自分などいてもいなくても大勢《たいせい》に影響はないのだから。自分にできることなんて、たかが知れているのだ。とどのつまり、だからこそ、自分のために生きればいいのだ。自分は自分自身の納得のために生きる。否、自ら死ぬことはできないから、そうやって生きるしかないのだ。もしそのことがなにかの役に、誰かの役に立つことがわずかなりともあったなら、それは僥倖というものであって、自ら望んでなることではない。

　ここ数日間砂漠で見続けてきたサボテンのようになればいいのだ。砂漠の大地は暑く乾燥した小石混じりの赤土で、サボテンはその灼熱の大地で孤高に生きている。何者にも知られず、ただ黙然と立ちつくしている。もちろん彼らの内部では生き続けるために絶えず猛烈な努力が行なわれているのだが、それは外からはうかがい知れないし、誰かのためにしていることではない。あのサボテンのように生きればいいのだ。何者かになろうと思うことが間違っているのだ。サボテンを見ているとそう思う。サボテンのように孤高に生きて、そしてつまるところ死ぬのだ。何事かを残そう、なそうとしたところで、なににもならないのだ。しかしだからといって、なにもしなくてもいいということではない。なにもしなくても自分の気が済むわけでもない。生きているかぎり何事かをし続けなければならないし、生まれた以上は自分がよいと思う何事かをし続けるべきだが、それがなにかになると思わないことだ。自分ごときがすることなど、たいしたことではないのだ。自分がちょっとくらいなにかを作ったり、なにかをしたりすることが、なにかになるなんてことはない。あの梅原先生でさえそうなのだから。それは自分だけでなく他の人も同じで、どんなこともこの世界からみればとるに足りないことなのだ。無論、なかには人類の進歩に寄与する人たちもいる。けれどもそうした人はほんのひと握りであって、それとても浜辺の小石でしかないのだ。それでいいのだ。

砂漠ではサボテンは誰にも頼らず、一本一本が独立して、大きく立派に生きている。その孤高の姿はすばらしい。自分の力でまっすぐに生きていればいいことで、それはとても大切なことで、自分自身が強くなって、常に外界と闘いながら大きく育っていけばいいのだ。サボテンは見せようと思って生きていない。生きようと思って生きているだけだ。だからこそすばらしいのだ。サボテンは過酷な自然条件の下で、途中で折れたり枝を出したりコブを作ったり、枯れたところからまた復活したりして、いろいろな形になっても必死に生きている。それがまたいい。味があって個性があっておかしみがあって愉快でさえある。それでいいのだ。誰のためにとか、なんのためにとかではないのだ。ある本で読んだように、「人知れぬ山奥で、人知れず美しい花を枝いっぱいに咲かせて、人知れず散っていく木」でよいのだ。そう思うとなんだか気が楽ではないか。

そのとき三十代半ばだった私は、眼下に広がるコルテス海の銀波を見つめながら、この気持ちは一生忘れないだろうと思った。

コルテス海にて

樹上の神様

　当初はこの町で泊まろうと思っていたのであった。国境の町ティファナからバハ・カリフォルニア半島を夜通し高速バスに乗ってきて、早朝、ハイウェイ上のガソリンスタンドで停まったバスを降りて、十五分ほど歩いて町まで入ってきた。町に入る手前にホテルがあるようだったので、小道に入ると、犬が向こうから駆けてきた。

　大きな灰色の犬で、遊ぼう遊ぼうと飛びかかってくる。犬好きの私は喜んで相手になるが、どうもこの犬がひどく臭う。見ると全身泥だらけで、そのへんの泥沼で転げ回って遊んでいたらしく、放し飼いのいたずら坊主のようである。すかさずボンボンと名づけられた犬は、その充分に汚れた体でもっと遊べと攻撃を繰り返してくる。

私たちはボンボンの攻撃から逃れるためにホテルのフロントに駆け込み、部屋を見せてくれるように頼んだ。ところがオーナーは十分後に帰ってくるからと、待つようにいわれたのがまた外ベンチで、ボンボンの襲撃が避けられない状況である。

ようやく帰ってきたオーナーが見せてくれたのは、コテージとは名ばかりの、ただのコンクリートの小屋で、見た瞬間に牢屋みたいだと思う。極めつけは屋根の上に大きなバケツが載っていることで、今日のシャワーはこのバケツに溜まった、いつのものとも知れぬ雨水と思われた。牢屋を出るとすぐさまボンボンの体当たりである。私たちはほうほうのていで逃げ出した。

小道を戻って町に入り、雑貨屋の角を曲がり、いくつかの宿を当たったが、先ほどの牢屋よりははるかにましとはいえ、湿気がひどく、どれも泊まる気になれない。それよりも、自分が異様にボンボン臭いのではないだろうかと気になって落ち着かない。ボンボンアタックにすっかりしてやられたのだ。

休日の早朝のせいか人も少なく、カフェもレストランもまだ開いていない。いったい今日はどうしたものだろうか。なすすべもなくぐったりと疲れて、町の中央にある広場の一角をとぼとぼ歩いていると、突然不思議な感覚に襲われた。

広場は四角く、四辺をレモンの大木に鬱蒼と囲まれていて、中央だけが抜けて曇り空が白く見えていた。レモンの大枝はその下をとぼとぼと歩く私の頭上を深々と覆っていた。その枝のどこからか、誰かの視線を感じるのである。

顔を上げて、濃い緑に覆われた枝を透かして見るが、実際に誰かがそこに座っているわけではない。けれども明らかに誰かが、樹下を悄然と歩く私の姿を見ている気がする。その感覚は、人にいえば気のせいとしか思われないだろうが、私には現実感をもってその存在が感じられたのだった。それは圧迫感や恐怖感を伴った嫌な感じではなく、ただ黙って私を見ている存在が枝の上に座っている、というリアルな感覚であった。

この町に着いたときからなにか異質なものの存在、内にこもった空気を感じていたのだ。けれども朝から日ざしのない曇り空であったし、天候のせいだろうと思っていた。

広場の前には煉瓦造りの荘厳な教会が建っている。メキシコの田舎町はこうして教会を中心にして前面に広場のある構造が多い。教会の案内には一七八六年建立とある。広場のレモンの木もその頃に植えられたようである。教会の扉は閉じていて中には入れなかったが、樹上から見ていたのはこの町の神様だったのだろうか。

私たちは泊まるのを諦め、町を出た。そしてハイウェイにいちばん近い高級ホテルでボンボンの臭いを洗い流し、レストランで朝食をとり、態勢を整え直した。人心地がついて出たホテルの庭には小さな礼拝堂があり、ここにもレモンが一本植わっていて、黄色い実がいくつも落ちていた。そのひとつを拾って握っていると、手によい香りが移る。

私はそのままレモンを握りながら、次のバスに乗って町を後にした。のちにこの町を再訪する日が来ようとは思いもせずに。

サン・イグナシオその後

昨晩、数年ぶりにサン・イグナシオを再訪したときには、広場のレモンの木の下で調子っぱずれの音楽祭が開かれていて、早々に退散したのだが、今日は日曜日の礼拝があるからか、あたりは静粛で教会の扉は開いていて、中へ入って座ることができた。

祭壇には古い聖像や宗教画が飾られている。それらはおそらく価値の高いものなのだろうが、私はむしろ祭壇に掛かった白いレースのクロスに親しみを覚える。この教会の人たちが神様を敬っている感じがして好ましい。それは礼拝の支度をする初老の女性が祭壇の前を行き来するたびに、軽く頭を下げる所作にも表れている。彼女はブーゲンビレアを持ってきて祭壇に生ける。教会の裏庭で咲いていた木の一枝だろう。

やがて彼女の鳴らす鐘がリンゴンリンゴン響き始めて、人々が徐々に集まり、先ほど家の人に連れられて来ていたおばあさんたちのお祈りが始まった。その心地よいお祈りの声をいつまでも聞いていたいが、信者でもない者がいてはと思い、礼拝の始まる前に出ることにした。お祈りを聞きながら心に思い浮かんだことを祈る。

それからふと、後ろの扉の方を振り返ったときに、急に神様は後ろにおられると感じた。前面の立派な祭壇よりも質素な後方の出入口からこちらを見ている。その感覚は、先年広場のレモンの木の上から誰かが私を見下ろしていると感じたのと同じ感覚であった。イグナシオの神様は始終外に出て、木の上に座っているのだろうか。

脇の扉から教会の庭へ出ると、そこにもレモンの木が植わっていて、白い花がたくさん咲いて爽やかな香りがする。昨日もその香りに導かれて、この庭に至ったのだった。前回はホテルの庭に落ちていたレモンの実をひとつもらって帰り、長く損なわれずにいた香りを時折嗅いではサン・イグナシオを懐かしんだのだが、同じ香りが今日の教会のレモンからもする。かぐわしいとはこういうのをいうのだ。

そうして花に顔を近づけて嗅いでいたら、花の咲いた跡に子房がふくらんで小さな実ができかけているのに気づいた。そうだ、花は咲いたら実を結ぶ。そしてできた実も花と同じ爽やかな香りがする。花から実になっても変わらぬのはよい香り。ごく単純なその真実を、サン・イグナシオのレモンの木が語りかけてきた。

町を後にする前に一軒、寄った店があった。それは教会前の広場の角にある雑貨屋で、前回来たときは、店の入口に置いた椅子に店主らしきおじさんが座っていて、数年後に訪れた今回もまったく同じようにしておじさんは座っていた。それはまるでその間の時間の流れがなかったかのように、寸分違わぬようすであった。

前回は見ただけで入らなかったこの店に入ろうとすると、おじさんが私の顔を見上げて、どこから来たのかと聞いてきた。日本からと答えると、にっこり笑って椅子から立ち上がり、店内を案内してくれた。

おじさんの店は主に生活用品を扱っているのだが、棚には店主と同じく十年一日のときを過ごした品々がうっすらと埃をかぶって並んでいる。しかしそれらは少々古びているだけで、私好みの昔気質の堅牢な作りの道具ばかりだった。空色の琺瑯の鍋やポット、タコスメーカー、サルサ用の鉢。興味津々で見ていく私におじさんは身振り手振りで使い方を教えてくれる。安全ピンや鋏やゴム紐なんかもある。このゴム紐はもう伸びてんじゃないかな。おじさんはふいに私の頬を手の甲で撫でて、ボニータ、ボニータ（かわいいねえ）と言って笑った。それは店に遊びに来た孫に対するようなしぐさだった。

おじさんは、レジ前のガラスケースを開けてもらって中の小さいものを物色している私に名前を聞き、おじさんはなんというのと聞き返すと、マニュエルだという。日焼けした顔に深い皺が刻まれ、太って貫禄充分のおじさんからは想像のつかない名前だが、長い睫毛に縁取られた大きな目や茶色い巻き毛、愛嬌のある笑顔は、幼い頃の、丸々とかわいいマニュエル坊やを彷彿させる。やはりときは止まっていないのだ。

バケツやスプーンや絵はがきやオニキスのブローチなどをごたごた買い込んだ私に、おじさんはにっこり笑ってアディオス（さようなら）と言った。私が去った後はまた、店の入口に置いたあの椅子に座っているのだろう。

遠のく扉

いつも海外から帰国するとしばらくはぼんやりとして、日本にいる実感がもてない。まだ自分がかの国の民衆のなかにいて、昨日までいた街を旅している錯覚に陥っている。おそらく肉体は現実的に帰ってきているけれども、たましいは帰ってきておらず、旅先を漂っているのだろう。そこにはすでに距離的な隔たりが厳然として横たわっているのだけれども、そのものとの距離感は自分自身の感覚でしかないので、それがまだかの国と同一化しているのだ。そのため日本に帰ってきていつもの仕事机に座っていても、なんで今自分はここにいるのかな、いつ帰ってきたのかな？　と思ってしまう。

帰国後の肉体と精神の乖離も著しいのだが、それとはまた別に、自分が海外で過ごしていたこと自体が現実に起こったことではないような、不可思議な感覚にとらわれることもあった。

それは初めて行ったメキシコから帰国後のことだった。その旅で私はバハ・カリフォルニア半島を縦断しながら、半島全体を覆っている原初の空気に包み込まれている感覚が始終していた。太陽も大地も海も植物も、これまで私が見てきたものとはスケールも圧力も異なり、桁違いに巨大かつ強力であった。そして砂漠地帯に点々と展開する町では、私が生まれる以前の過去、あるいは物語のなかの世界を歩いているような感覚にとらわれていた。サン・イグナシオの樹上の神も、コルテス海上で受けた直感も、そうしたときに突然下りてきたのである。

そして帰国後、私はいつものごとく呆然としていたのだが、これまでと違うのは、メキシコという国が、そこから出てきた瞬間に私の後ろでぱたんと扉が閉まり、その扉がすぐさま遠くに飛び去っていって、そして地図上のひとつの国にすうっと納まってしまったかのように感じたのだ。

こうして書くと幼稚な妄想を語っているようだが、私の実感を言葉にするとまさにこのとおりであった。それまでにもアジアやヨーロッパは旅していたのだが、私の背後で扉が閉まって、地図上の国にまた納まってしまう感覚は一度もなかった。

そうしたときに会った友人に、まだ実感が鮮明なこともあって、自分が今とらわれている感覚について話したところ、彼は、今の話を聞いていて『百年の孤独』を思い出しましたと言って、南米コロンビアの作家ガルシア＝マルケスの小説を教えてくれた。私は遅ればせながらその小説を読み、物語の筋よりも、行間から立ち上る、時間軸のゆがみや意識の層のずれによってひずんだ空間に現れる迷妄感や失われていく平衡感覚は、私が感じたメキシコの空気とどこか似ていると思った。

海外から帰ってくると、日本での日常がいかにここだけのものかをひしひしと感じ、しばらくはかの国の感覚に浸っていたいと思いつつも、結局一週間も経つとその感覚は薄れ、やがて消えてしまう。そのことがひどく残念だが、誰しも日常なしに生きることは不可能だし、どこかに定住して生きる以上はしかたのないことだ。

ただ、海外を旅することは実質的には別の国へ行くことであるが、別の次元に入り込むことでもあると強く思う。

海の旅

海の仲間たち

ひさしぶりに海に入った。

まだ朝の八時で水が冷たい。ビーチでフィンを履いてマスクとシュノーケルをつけて、いざ水のなかに体を横たえてすいと泳ぎ出すと、頭から体全体をよぎっていく水がものすごく冷たくて、泳ぎ出してすぐ岸に引き返そうかと思うぐらい冷たかった。けれども少し我慢して沖に向かうと温かくなると聞いていたので、急いで泳いでいく。いつものように両手をお腹の下に組んで、水中を見ながら泳いでいく。すると朝の光がゆらゆらとゆらめきながら網目状に白い砂の上に映って、金色に光っている。波がちゃぷちゃぷさざなみを立てているのが網目にみえるんだなと思う。そうしていくうちに少しずつ水温が上がってきた。時々顔を上げて、今いる自分の方角を確認する。まっすぐ行くと、四角いコンクリートの破片が沈んでいて、サンゴ礁になっていると聞いていたので、探しながら行くとすぐに見つかった。

星形の大きなヒトデがどてっと乗っかっている。あれ、ヒトデは地面にいると聞いたけど、もう歩いてコンクリに乗ったのかなと思う。コンクリの端にはいくつかサンゴがついていて、青い小さいスズメダイが群れをなしている。ぷよぷよしたイソギンチャクには白黒橙のクマノミがうろうろして、こちらの影が近づいてくるのを嫌がっている。

コンクリの回りにハタタテがいるから探してごらんと言われていたので、ぐるぐる回って探すが見当たらない。ハタタテは背びれがすらっと長く伸びていて、それがふらふらと揺れ、旗を立てているようだからハタタテである。口が細くてツンとしたおすましさんで、あなたのことなんか興味ないわよといった風情でいつも泳いでいる。私はこのハタタテとツバメウオの名をなぜかいつも間違えてしまう。ツバメウオは私にとって海の友だちのひとりである。

以前マレーシアの小島でダイビングしていたときに、小さなツバメウオと知り合った。まだ模様もはっきりしていない幼魚で、それが私たちの回りを遠巻きに泳ぎながら、ずっとついてくる。仲間とはぐれたのか、最初からひとりぼっちだったのか、ひどく心もとない不安そうなようすで、仲間を探しているようにもみえる。魚は目が横に付いているので、真剣に見るときは横を向いて目をきょろっとさせてこちらを見る。鳥と同じである。口をずっとムニュムニュ動かしているのがかわいく、ムニュムニュくんと呼んで、毎日同じポイントで潜っては、ムニュムニュくんに会いに行った。

魚は広い海のなかを泳いでいるし、同じ種なら同じ顔で同じ個体かどうかわからないのではないかと思われそうだが、決してそんなことはない。回遊魚を別にすれば小さな魚たちはほぼ同じエリアで日々生活しているし（人間と同じだ）、個性もある。ムニュムニュくんもこちらが同じ場所に潜ればどこからかやってきて、近くをひらひら泳いだり、近寄ってきてムニュムニュ口を動かしている。その懸命なようすに、これはきっと私たちに話しかけているんだと思う。なんと言っているのかわからないのが残念だ。こちらがじっと見ているとと離れていくが、気がつくと後ろを泳いでついてきている。

ツバメウオの幼魚は白黒黄色のだんだらで、背びれと腹びれと尻びれが長くひらひらしていて（それがハタタテと混同するゆえんである）、全体に三角形で、ちょっとエイリアン的な姿をしている。それがひらひらひら、ひらひらひら、蝶のように泳ぎながらついてくるのである。まるで追いかけっこか、かくれんぼをしているみたいだ。

その海ではカメとも一緒に泳いだ。カメはどこからともなく現れ、そして前足と後ろ足をゆっくりと上下に漕ぎながら、水面近くを泳いでいく。目だけがこちらを見て、目が合う。カメはそのままゆったりと泳いでいって、時折水面に顔を出して息継ぎをする。そしてまた水中に潜って、悠然と前後ろの足を交互に上下に動かしながら泳いでいく。しばらく一緒になって泳いでいたのだが、遠くまで行きすぎては位置がわからなくなってしまうので、途中で泳ぐのをやめると、もう終わりかい？　というふうにこちらをちらっと見て、そのまま海のまにまに消えていった。

ネズミフグというのもいた。体がネズミ色をしているからネズミフグなのだが、名前よりもずっと愛嬌のある、体長五十センチほどの大きなフグの仲間である。丸い黒い瞳と笑ったような口もとが、人懐っこい犬に似たかわいさなのだ。最初は警戒して岩陰に隠れているのだが、慣れるとこちらを見にやってきて一緒に泳ぐ。仲間とお腹をつき合わせてダンスを踊ったりもする。

マレーシアの小島の海にはもうひとつ、オオバロニアなる非常に珍しい単細胞生物がいる。生物といっても動き回るのではなく、丸くて固いつるんとしたガラス玉のごとき外見をしており、それが岩陰にひとつ、ふたつと張りついているのだ。海中で鈍く光る大きめのビー玉のような（実際それは子どもの頃私が持っていた黒光りするビー玉によく似ていた）、見ようによっては黒真珠のようでもある、大小のオオバロニアを岩陰に見つけるたびに私は興奮し、「見よ、この玉を！」と声にならぬ声で叫んだ。そして本来は海中で生物に触れてはならないのだが、その丸く輝く表面を覆う海藻を払い、つるつるに磨かずにはいられなかった。まったくそれは私にとっては貴重な財宝と同じだったのだ。こんなに美しいものが、海の底で人知れず眠っているというまぎれもない事実。

私は次々に海の仲間たちを思い出しながら、小さなサンゴ礁の上をゆっくりと泳ぎ回った。世界中の海で出会った仲間たちとその子孫は、今もきっとこの海で暮らしているだろう。なんといっても、海はすべてつながっているのだから。

海に入る

会社勤めをしていた頃は、年末年始や夏期休暇の前後に有給休暇をつけて、長期で東南アジアの島々にダイビングに行っていた。勤めていた会社は登山の専門出版社だったので、休暇には国内外の山へ登りに行く社員が多かったが、私は断固として海に行った。山が嫌いなわけではないけれども、仕事で山に登り、毎日山の写真を見て、一年じゅう山の本の編集をしていると、山イコール仕事になってしまって、休暇まで山へ行っているると気持ちの休まるときがない。とにかく休暇ぐらいは山以外の自然に逃避したかった。

行き先はタイかマレーシアかインドネシアの小島が多かった。知名度のない小島へ行くのは時間もかかり、少々不便だったが、日本人に会うこともなく、海はきれいで、比較的自由に潜ることができ、安い現地費用で長期滞在ができた。年末年始など二十日以上行きっぱなしのときもあった。

そうして海に潜ってばかりいた三十代の頃、私は自分の生き方に悩んでいた。仕事はひととおりこなせるようになってはいたが、これからどう生きていこうかと悩んでいた時期でもあった。このまま会社員として定年まで働いていてよいのだろうか。それ以前に自分が自分の人生で本当にやりたいことはなんだろうか。

ちょうどその頃は出版業界にかげりがみえ始めた時期で、しわ寄せは社員編集にも及んでいた。めまぐるしく移り変わっていく状況のなかで、入社時には考えられなかったさまざまな制約や圧力や過重労働に遭いながらも、少しでもよいものを作りたい、少しでもよい形にして読者に届けたい、これまでにないものを作って新たな読者に届けたいという気持ちをよりどころに働いていたが、その実作りたい本は作れず、会社から命じられた本を作り、そしてそれらが大量の返品となって返ってくるのをみるにつけ、次第に私は虚無感に襲われるようになった。

いったい私はここでなにをやっているのだろう？　このエネルギーをもっと有益なことに向けた方が正しいのではないだろうか？　最終的にゴミを作るために私は生きているのだろうか？　会社がよいということのために働き、自分がよいと思うことを形にできないのが苦痛だった。しかし会社にいるかぎりは、会社の方針に従って、会社を存続させるために、全社員が食べていくために働かなければならない。ことにメーカーは作った商品自体が売れないとお話にならない。その商品である本を作り出す編集部にいて、売れないものを作るわけにはいかない。ところが上司もよく言っていたように、「いい本が売れるとは限らない。けれどもいい本でなければ売れない」のである。だからこそどんな本も、少しでもいいものにして世に出すしかないという一念で全力疾走していた。そうして作った本が売れないと、売れない本は悪だとまで言われるようになった。

そんな心身ともに疲弊する毎日を送っていて、逃げ出す先が海だったのだ。

海は表面だけを見ていると、ただ青い海原がどこまでも広がっているが、ひとたび水面下に入ると、まったく別の世界が展開している。そこには無数の魚が泳いでいて、海藻が生えていて、さまざまな海の生物が生きていて、それらは皆、地上の世界とはまったく関係のない生活をしている。そのことが私には新鮮な驚きであり、発見であった。海中には地上とは違う世界があって、私たちにはふだんそれが見えていないだけなのだ。

海の生物も流れに乗り、たゆたい、絶えず動きながら精一杯生きている。そうだ、私が生きている世界はごく小さなサークルのなかであって、そこだけが世界では決してない。現にこうして水面下に数メートル潜るだけで、別の世界が展開している。今あるところがすべてだと思い、自分は汲々として生きているけれども、知らないだけでもっと別の世界がいくらでも大きく、無数に、際限なく広がっているのだ。


海中を泳いでいると、海の水は冷たく透明で、流れがあって、重さがあって、抵抗感がある。背中に背負ったタンクから空気を絶えず吸うことで、自分は常に呼吸していることを知る。それらは映像で見ているだけでは決して体感できない生の感覚である。自らの身体で感じることによって初めて、それは自分にとって実在するようになるのだ。

日によって場所によって海中の透明度は異なり、何十メートル先まで澄み切っているときもあれば、濁ったお味噌汁のなかを泳いでいるようなときもある。海底の砂に潜る魚の行動を何十分も観察することもあるし、海藻ゆらめく洞窟を抜けてあざやかで優美な海中宮殿をさまようこともある。さまざまな魚たちや、ウミガメやネズミフグなどの海の生きものと遊ぶこともある。頭上を仰ぎ見ると、イワシの大群が鱗を光らせながら泳ぎ去っていく。そのさらに上には光の射し込む海面が見えていて、遠くで白く波を立てているのがわかる。その波打つ海面が今いる世界へのふたのように思える。

私は海という自然に入り込むことで救われたのだ。地上に存在するさまざまな国へ、さまざまな山へ行くことも旅だが、私にとってダイビングは、海という別世界へのはるかなる旅であった。

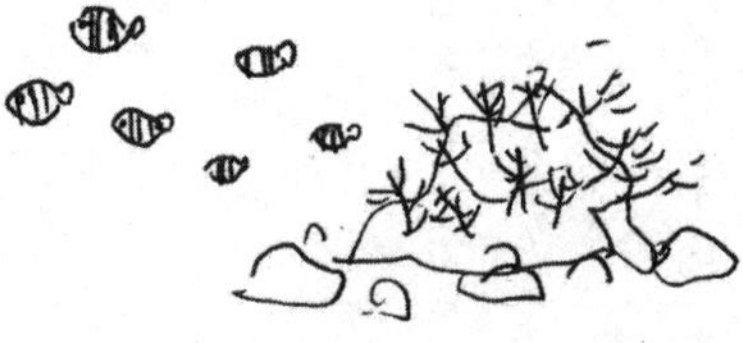

海に学ぶ

ダイビングするときにはビーチからそのまま海にエントリーするビーチダイブと、ボートに乗ってポイントまで行き、エントリーするボートダイブと、大まかに分けてふた通りの方法がある。どうしたって人の生活に近い岸辺よりは、遠く離れた無人島や大洋のただなかの方が海は美しいし、生きものも多い。したがって南の島では圧倒的にボートダイブが主流で、三十分から小一時間かけてポイントまで行くことも多い。そして着いた先で何本か潜るのがお決まりのメニューである。

ボートダイブの場合、海へのエントリーは当然ボート上から行なう。エントリーの方法は、ボートの縁に立ち、マスクとレギュレーター（タンクから空気を吸う器具）が衝撃で外れないように両手で押さえ、片足を海に踏み出し、そのままどぼんと飛び込むジャイアントストライドエントリーと、ボートの縁に腰掛け、これもマスクとレギュレーターを押さえて、そのまま後ろ向きにどぼんと入るバックロールエントリーがある。入った後は一旦浮き上がって、それから改めてバディ（相手）と装備を点検し合った後、ともに潜降していく。

一緒にボートに乗っていた外国人たちは一刻も早く海に入りたいという欲望からか、ボートが停まって準備ができると、我先にと船縁に立ってどぼんどぼんとなんの躊躇もなくエントリーしていく。私はそれを横目で見ながらゆっくりと準備する。私はなんといってもバックロールエントリー派である。ただでさえ海上で安定しないボートの縁に立って、底知れぬ青い海を前に足を踏み出すのには勇気がいる。それよりは縁に座って気持ちを整え、低い位置から海に入っていく方が安心である。すでに百本近く潜っているのだから充分に慣れているはずなのだが、海に入るときはいつも必ず緊張するのだ。

バックロールの場合は海に入ったときにぐるりと一回転する。その一回転したときに自分が吐いた空気の泡と今日の海の水の色と、ボートの船腹とそして海面とが、一瞬にして目に入る。そして気がついたときにはすでに海面に顔を出して浮かんでいる。私はその瞬間にほっとして、嬉しくなる。本番はこれからなのだが、とりあえず海に無事エントリーできたことに安堵する。

私は子どもの頃から水に顔をつけるのが嫌いで、長らく正真正銘のカナヅチだった。それが大人になって、マスクとシュノーケルとフィンをつけた瞬間に体は易々と浮き、どこまでも泳げるようになった。どんなことも同じだが、なにかを始めるときの敷居はとても高い。苦手意識のあるものならなおさらで、その前でひるんでしまって始めないことは多々ある。しかし自分で作ってしまった高い敷居を思い切って越えてみると、その先には今まで知らなかった、すばらしき世界が洋々と展開しているのだ。

私は海中ではとても落ち着いている。ふつう潜水時間はタンクの容量もあって一本三十分から四十分とされている。私たちは残量を見ながら四十五分から一時間近く潜っていることもある。海のなかでは時間の流れが速く、あっという間に過ぎてしまうし、見たいものは尽きることがない。親指を立てて浮上のサインが出ると残念に思うほどだ。

海中では常にタンクから器材を通して空気を吸っているため、話すことはできないし、声は伝わらない。自分が息をするシュー、ゴボゴボという音と、生きものたちがわずかに立てるピチップチッというかすかな音だけで、音のない世界である。バディとの意思疎通はすべて目と手で示すサインだけで、それらはライセンス取得時に徹底的に教えられる。言葉の通じない海中では、バディを信頼すること、身につけたサインや器材を使いこなせることが必須であり、命綱なのだ。

それは海だけでなく山でもどこでも同じであって、道具を自在に扱えることはもちろん、パートナーを信じること、またお互いが相手の信頼に足る行動をとることが、いかなる場合においても、つまりは生きていく上で重要なのだと思う。

オランダ浜

いつもの砂浜での昼寝にも飽きたので、今日は探検に出かけようと夫とふたりで相談する。行き先はジャングルを抜けた隣の浜。ジャングルといっても、入り江に突き出たわずかな森だが、今までは見ていただけで通ったことはない未開の地だ。地図で見るとさほど距離はないようにみえる。念のためビーチサンダルをスニーカーに履き替え、帽子をかぶり(帽子をかぶるのは我々探検隊のルールだ)、水を持ってアタックを開始する。

海辺の明るい日射しを遮断した木々が生い茂るなか、大岩を乗り越えながら進んでいく。ないと思っていた道はかすかな踏み跡として続いている。分岐を導かれるままに下っていくと、入り江の突端に下り立った。引き潮のときだけ現れるであろう、その小さなプライベートビーチには、波に洗われた黒い石がぽこりぽこりと頭を出している。石を選んで座り、まばゆく光る波間を見る。走り去るボートを見る。正面の小島を見る。ここに道をつけた誰かもこうして海を見ていたのだろうか。

　ジャングルに戻り、がさごそと下草をかき分けていた私たちの耳に、今度は人の声が聞こえてきた。すわ、先住民？　探検隊は色めきたつが、現れたのはポロシャツ姿の文明人。残念ながらリゾートの探検隊は私たちだけではない。小さな子どもをふたり連れたオランダ人の父親と、目的地までどれくらいか、もっている情報を教え合う。オランダといえばロッテルダムに行ったことがあるよ、へえ、本当かい？　街を抜けて港まで行ってみたんだ。そんな会話をジャングルの奥地で交わす。彼の隊員がぐずり始めたのを機に、お互いの健闘を祈って別れ、さらに先へ。やがて前方が明るくなったかと思うと、突然隣の浜へ出て、探検は終了した。

　そこはいつもの砂浜となんら変わりのない浜ではあったが、私たちはオランダ浜と名づけ、しばらくの間昼寝した。

海のクリスマス

十二月二十五日のクリスマスはタイの小島でもお祝いすることになっていて、宿にはクリスマスツリーが飾られ、夜のディナーには水揚げされたばかりの魚が用意され、好みの調理法で料理してくれた。一匹まるごとなのでおそろしく時間がかかるが、海風に吹かれてビールを飲み、波音を聞き、次第に夜の色へと変わっていく海を眺めながら待っているのはいい気分だ。デザートにはクリームたっぷりのケーキが振る舞われ、ビンゴ大会の景品としてバンダナをもらう。

陸上だけでなく、海中にもクリスマスはある。その名もクリスマスツリーという生きものがいて、海藻ではなくゴカイの仲間で、和名はイバラカンザシというのだが、これがクリスマスの飾りをつけたモミの木によく似ているのだ。大きさは五センチほど、色は白、青、黄、オレンジ、紫と白、赤白のだんだら、赤緑のだんだらなど、色とりどりで、それらがサンゴの上にミニチュアの木立のように立っている。一本で立っているのも、数本かたまって林になっているのもいて、その周囲を魚たちがちらちらと泳ぎ回り、小さなクリスマスの国ができている。

おかしなことに彼らは手を近づけると、枝（彼らにとってはエラ）をすばやく折り畳んで、立っていた穴の中にすぽんと納まってしまう。そのぜんまいじかけのおもちゃのようなしぐさが愉快で、私は彼らを見つけると手をひらひらさせて、穴に引っ込むのを見て楽しむ。彼らは急いで引っ込んだ後、しばらくするとまた用心しいしい出てきて、やがて何事もなかったかのように再び針金のような枝を広げて、ゆらゆらと海流に身を任せる。正式な英名はクリスマスツリー・ワームである。

クリスマスの日だけはいたずらはよして、海中のクリスマスを眺めるだけで満足して戻った。

海に帰る

今日は満月。カメの旅立ちの夜である。

滞在していたマレーシアの小島の浜では、産卵のために海から上がってきた母ガメが産んだ卵が孵るまで、住民が一時保護している。母ガメが決死の覚悟で砂に穴を掘って卵を産んで隠しても、翌日には盗んで食べてしまう人や動物が後を絶たないからだ。

保護した卵が無事に孵化して子ガメが出てきたら、その晩砂浜に放される。生まれての子ガメは全身が白く透明で、目もゼリーのような膜に覆われていて、首の肉もぽよぽよしてやわらかそうである。次々に生まれてくる兄弟ガメたちが十匹ほど、小さなバケツの中でがちゃがちゃやっている。このやわらかでちっちゃなカメが、大きくなったらあのようなゴツゴツのシワシワになるのだ。それは人間とて同じだが。そうした透明で脆弱な子ガメが生まれてすぐ、砂浜の上を自分の力で歩いて海に帰っていく。

子ガメはバケツから砂浜の上に放されたとたん、誰にも教えられていないのに、海に向かって懸命に歩き始める。波の音を聞いてそちらに向かっているのではなく、海上に映る月の光が見えていて、その光に向かっていくのだそうだ。何匹もいる子ガメのなかには時々ひっくり返ってお腹を出してじたばたするのもいるが、すぐにもとに戻って、一直線に海に向かう。そのスピードは思いのほか速い。

そして波打ち際まで来ると、止まる。じっと止まる。波が来るのを待っているのだ。波が来るのを知っているのだ。自分は波に乗って海に入っていくのだと、生まれたときからわかっているのだ。頭をもたげて海からの迎えを待つ、その一瞬の姿がけなげにもいたましくも思われるが、それ以上に気高く、荘厳である。今から未知なる世界へ船出する決意を感じさせる。

別れの際にまれにそういう姿をみせる人がいるが、子ガメはそんなことを思ってもいないし、ただ本能のままにそうしているのだが、人であってもカメであっても、その心のありようが自然とその姿に表れるのだろう。

やがて大きな波が来て、子ガメは一度で上手に波に乗り、海に入っていく。波が引いたときにはもう子ガメの姿は見えない。カメは海に帰っていったのだ。それはいかにも、海が海に生きるものを迎えに来たという感じであった。

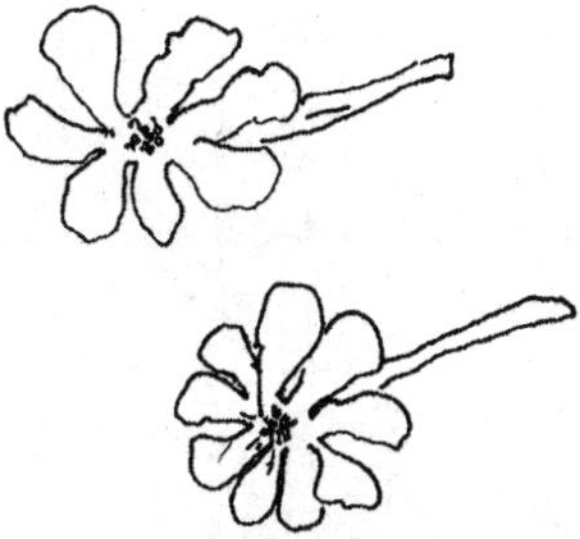

ゴバンノアシ

ゴバンノアシとは聞き慣れない名で、日本では沖縄の八重山諸島にしか自生しないが、東南アジアの島々の浜辺ではよく目にする樹木である。

ゴバンとは囲碁で使う碁盤のことで、碁盤の脚のような形の実をつけることから名づけられたという。こちらは囲碁を嗜むこともなく、碁盤の脚をしげしげと見たこともなかったので、へえ、碁盤の脚ってこんなに太々とした丸い形をしているのかと、この木の実で初めて知った。

ゴバンノアシは実ができる前の花がまた美しいのだ。早朝、涼やかな朝風の吹く白い砂の浜辺に出て、やさしいさざなみの寄せる波打ち際を歩いていくと、ゴバンノアシが太い枝を砂浜に這わせるようにして低く大きく広げている。葉も大きく厚く照りがあり、晩秋のカキの葉のように彩りあざやかである。花は夜咲いて、朝になると落ちてしまう一日花なので、砂上にはすでに昨晩の花がいくつも落ちている。

落ちたての花はまだみずみずしく華やかで、先端が透明なピンク色をした細いおしべが無数に集まって冠のような形を作り、拾って嗅ぐと、ほの甘く清々しい香りが残っている。この美しい花の子房がふくらんで、碁盤の脚になるのである。

時折、新聞などで囲碁の対局写真が載っていると、碁盤の脚につい目がいってしまう。そして私が持っているゴバンノアシの実とやっぱり同じ形だなと思って、それを眺める。

Tさんのサンゴ

宿は砂浜の上に建つコテージで、ドアを開けて外に出るとそのまま砂の上を歩いて浜辺に出られるのだった。南の島特有の濃い緑の木々がアーチ状になった向こうに、うっすらと青い海と白い波打ち際が見えている。私は木々の下を通って浜辺に出た。浜辺にはところどころに波に打ち上げられたサンゴのかけらが落ちている。私はゆっくりとサンゴ拾いを始めた。

以前、ある人に浜辺で拾ったサンゴをお土産にもらったことがある。それはぶつぶつと小さな穴の開いた白いサンゴで、くれたのは当時勤めていた出版社の先輩Tさんだった。私が在籍していた月刊誌の編集部では、長期取材に出た部員のお土産は部に菓子箱ひとつではなく、ひとりひとりに小さなものを渡すのが慣例であった。大抵は現地で買った民芸品が多く、渡される品はその人の個性を如実に表していた。取材でとある島に行ったTさんは、一週間に一往復しか定期船がないのをいいことに半月近く島に滞在し、仕事というよりも休暇にでも行ってきたような、日に焼けた爽やかな顔をして戻ってきた。そして、土産物なんてなんにもないからさ、などと言いながら、皆にひとつずつ浜辺で拾ったサンゴを渡してくれた。若菜にはラッコね、箸置にでもしてくれよと言っていたと思う。私はそれを会社のデスクの上にずっと飾っていた。

私が勤めていた会社は山や自然を扱う専門出版社だったせいか、自然界のものを手にすることはごくふつうの感覚だったし、むしろ人の手によって加工されたものではなく、自然のものもつ美しさ、純粋さを誰もが理解していた。私も休暇でサハラ砂漠に行ったときは小瓶に砂を入れて渡し、インドで石拾いをしたときは拾った小石を選んでもらった。皆はサハラ砂漠ってこんな色なんだと言いながら、赤銅色の砂の小瓶をデスクに置き、自分の分はちゃんとあるのと言いながら、好きな石を迷わず選んで手に握った。

けれども自分にとっては当たり前だと思っていたことが、人によってはそうではないこともある。

それは平たい白い貝で、ポルトガルの浜辺で拾ったものだった。浜は崖の合間の静かな湾にあって、砂はそこだけ白く、海はくすんだエメラルドグリーンだった。はるか沖に空と一体化したグレーの水平線が見えていた。浜に寄せるさざなみに似たカーブが貝の表面にはあり、なんでもない貝だったが、それなりに美しく思え、私はそれを拾った。手もとにはないけれどもその姿形は今でもよく覚えている。

その貝をある人へのお土産にしたのだが、その人は受け取りはしたものの、明らかに困惑していることが、その笑みからありありと伝わってきた。感傷的すぎたかと私は恥ずかしくなり、一度渡した貝をその場で返してほしいと思うほど悔やんだ。私はその人が拾った貝のお土産をわかってくれる人だと思い込んでいた、いや勘違いしていたのだ。むしろその気持ちが重荷だったのかと思うと、よけいに恥ずかしかった。貝を拾う行為を、そして貝を渡す気持ちを、幼稚でばからしいと思う人も世のなかにはいる。大変な失敗をしてしまった。いい年をしてこんなことをするのは私だけなのだと思ったとき、Tさんからサンゴをもらったことを思い出した。

私は白いサンゴの砂浜で、これは雲、これは木に似てる、などと思いながらTさんのことを考えていた。

ラッコのサンゴをくれたTさんは、その数年後退社し、遠方に引っ越してしまってい た。けれども仕事は継続しておられ、私もしばしば原稿をお願いしていた。私はTさんの文章が好きだったし、どんなときも確実で頼りになる先輩だったからである。

Tさんは退社されたとき、隔月刊の雑誌の編集長として私の上司でいらした。けれども Tさんは就任してほどなく退社されたので、その後は編集長不在のまま、副編集長の私を含めたった三人で雑誌を回していくことになってしまった。シーズン最盛期の夏場は長期取材もこなしながら月刊ペースになる三百ページ近い雑誌を三人で回していくのは綱渡りの連続で、校了時はもちろん全員泊まり込み、三日三晩一睡もできなかった。

その頃は会社の事情もあってさまざまな不都合が社員に降りかかり、私はTさんに急ぎの仕事を依頼しながら電話で愚痴ってもいた。そんな私にあきれたのか、あるときTさんが、「文句ばかり言ってないで仕事しろよ」とおっしゃったのである。

編集長という責任のある職を擲《なげう》ってもご自身が決断されて会社を去ったのだから、そのことを責める気持ちは毛頭なかった。人はやめるだけの理由があって会社をやめるのだし、その人の人生だから他人がどうこういえることではない。ただ編集長がおやめになった後、残された部員たちは寝ずに働いて雑誌をかろうじて存続させているというのに、誰のおかげでこんな惨状になったと思っているのだ。その張本人に、文句言ってないで仕事しろと言われる筋合いはないと私は思った。そのときの私はまさにぎりぎりだったのだ。私は一方的に腹を立てて、それっきり音信不通になってしまった。

数年後、私は自分が会社をやめた後も、喉に刺さった魚の小骨のようにTさんとのことが気にかかっていた。仲違いした理由に関しては後悔はなかったが、疎遠になってしまったのは残念でならなかった。私はTさんを先輩として尊敬していたし、親しみをもっていた。ふだんは軽妙でふざけた調子で、見た目はコワモテだったが、間違ったことにはもの申し、正しいことには賛同する、後輩たちにとっては頼もしい兄貴分だった。私が新人だった頃から、どんなにささいな相談にも真面目に答えてくれたし、豪快な一方で繊細な一面のある人だった。

Tさんが編集長だった数ヶ月の間にも忘れられない出来事があった。

その写真は植物写真家とともに伊豆の低山に取材に行ったときのものだった。山の取材は山専門の写真家と行くのが通常だったが、私はよく山専門でない方にもお願いしていて、そのときも森特集であったのをよいことに、植物写真家に同行してもらったのだった。写真は山頂一面を覆う新緑の木々の樹冠を高台からとらえたもので、さまざまな種類の木々が千差万別の色をなして、もくもくと勢いよく、生きて山を覆っていた。

しかし、登山雑誌のお約束である山のピークはおろか稜線はどこにも写っていない。当時登山雑誌の見開き写真といえば、ピークが写っていることが大前提でもあったので、そうした限定された価値観にあって、見ようによってはただ樹林が写っているだけの写真は理解されない可能性もあった。けれどもTさんはその見開きを校了時にひとめ見て、「すばらしいね」とひとことおっしゃった。

Tさんが会社をおやめになった後も、取材の途中でTさんの住む街を訪ねたこともあった。Tさんは半日街を案内してくれ、私においしいものを食べさせ、山に上がって夜景を見せてくれた。そして再び夜行に乗って取材先の山へ向かう私を駅まで送り、ホームで見送ってくれたときのやさしい表情はどうだっただろうか。

私は、Tさんに送るのにちょうどいいサンゴはないだろうかと思いながらサンゴを拾う。私はTさんと疎遠になってしまったことを心底残念に思っていたが、突然電話する勇気もなく、さりとて何事もなかったようにメールする度胸もなく、心の片隅でずっと逡巡していたのだ。

以前読んだ本に、仲違いしていた友人に手紙で休戦の呼びかけをし、相手が「これはオリーブの小枝か」と言ったという一節があった。オリーブの小枝とは聖書の一節で、箱舟に乗り込んだノアが海上でハトを飛ばし、オリーブの小枝をくわえて戻ってきたことから近くに陸地があることを知ったという、世に知られた逸話である。オリーブの小枝はすなわち希望の印なのだ。

そういえば、このオリーブの小枝がつい先日どこかで話題にのぼった。あれは誰とした話だっただろうと考えて、私の貝のお土産を喜ばなかった人だったと思い当たった。なぜオリーブの小枝の話などしたのだろう。そうだ、そのときベランダに立っていた私たちの前をハトが横切って、僕は昔、伝書鳩を飼っていたんだと話したのだった。話はハトをめぐって進み、なぜハトは平和の象徴なんでしょうね、それはやっぱりハトがオリーブの小枝をくわえてきたという話からじゃないかとつぶやいて、その人は口にすると同時にその話をすぐひっこめたのだった。クリスチャンにとっては当たり前に身についている話なのだろうけれど、そうしたことを不用意に話すのはよくないというような話の打ち切り方だった。

私はそうしたそぶりに接すると、この人はやはり本当は貝のお土産をわかってくれる人なのではないかと思ってしまうのだが、たぶん彼はそうした素の自分を他人の前に出すのをひどく躊躇する人なのかもしれない。いや、たいがいの人がそうなのかもしれない。私の回りにいる、貝や石を当たり前にやりとりする、そしてそのことによって親愛の情を示すのがふつうだと思って疑わない人たちが特殊なのであって、しかしそれは私にとって大変な幸運なのであって、そう思うと、私の貝もとっくに捨てられていると思っていたが、案外彼の机の引き出しの隅にでも眠っているのかもしれない。

私は目を皿にして、欲しいサンゴを探す。生きたサンゴはふつう海中で木のような形をしており、浜にはその枝の部分だけが折れて朽ちて打ち上がることが多いが、この浜では木の形のまま小さく平たく摩耗して流れ着いている。その形が珍しく、この浜らしい。私は枝葉を広げた小さな樹木のようにみえるサンゴをひとつだけ拾った。私のサンゴもオリーブの小枝になってくれるだろうか。

しかし、私は日本に帰り、手紙を送る段になって急に迷いが生じた。ずっと昔にサンゴをお土産にもらったからといって、サンゴを和解の印に送るなんて、感傷的すぎるのではないか。第一、一方的に怒って音信不通になった失礼な後輩になど、とうに愛想が尽きているかもしれないではないか。なんだよ若菜、いまさらサンゴなんか送ってきて、めんどくせえ奴だな。

私はまたあのお土産の貝と同じ轍を踏むのではないだろうか。いや、Tさんはそんな人ではない。私がサンゴを送ったら、その意味をきっとわかってくれるはずだ。私には確信めいたものがある。なぜなら先にサンゴをくれたのは他ならぬTさんなのだから。

それでも私はさんざん迷って、サンゴを入れず、手紙だけを書いて送った。私はその手紙に、当時私がなにに対して怒っていたか、現在の私はどう思っているかを包み隠さず、正直に書いて送った。間髪を入れずTさんから返事が来て、「そんな思いをさせてすまなかった」と書いてあった。

その後、Tさんと私は間遠にはなったが、以前と同じようにつき合っている。先日来た手紙には、「たまにはこちらの山へいらっしゃい」と書いてあった。そうだなあ、もう随分会ってないし、今年あたり会いに行こうか。せっかくだからTさんの好きな山にも連れていってもらおう。

ラッコとオリーブのサンゴは、どちらもそのまま私の机の上に置いてある。

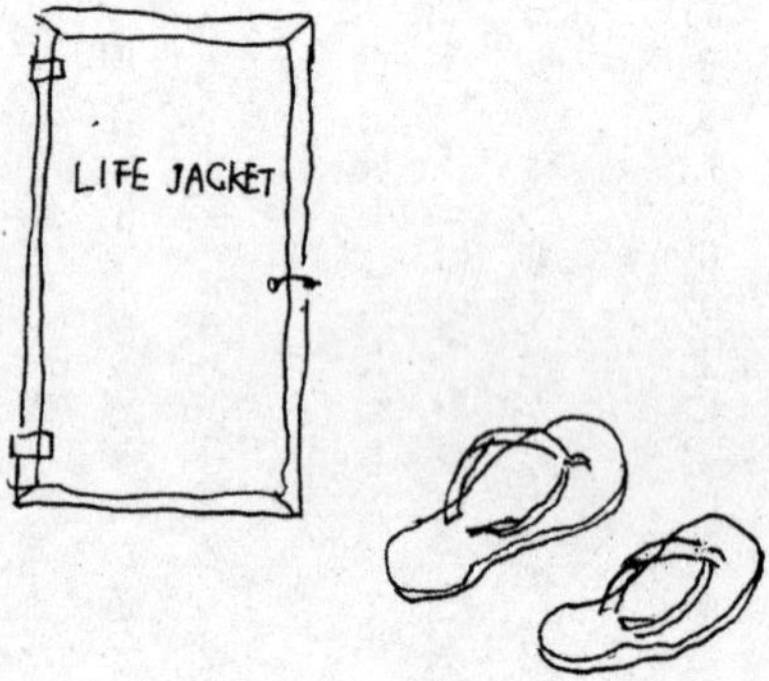
LIFE JACKET

人々の街角

昼下がりの町

新聞を読んでいた窓口のおじさんから切符を買い、売店でパニーニとカフェを買って乗り込んだ列車はほどなくしてゆるやかに動き始めた。

スペインのマドリッドから、ジブラルタル海峡を越えてモロッコへ渡るアルヘシラスまで、スペイン国内を走る特急は日本の新幹線のように清潔で快適で、春のアンダルシア地方を猛スピードで走り抜けていく。オレンジ色の屋根に白い壁の四角い家、朱や黄のポピーの花畑、白いマーガレットの花畑、顔と足の黒いヒツジの群れ。なだらかな丘の連なりとそれを埋める緑のオリーブ畑。丘の上の青空を行くパンケーキのように平たい雲。駅に停まればレモンの木が黄色い実をぶら下げている。

数時間走った後、列車は小さな駅に停まった。ここが乗換駅で、次の列車までは少し時間がある。駅前を歩いてみようと改札を出て、線路に沿って続く細い通りに入った。強い午後の陽光が照りつける狭い通りにはびっしりと隙間なく家が立ち並び、その壁は皆純白に近い白である。白い壁はこの強烈な太陽光線から人々を守っているのだろう。人々は白い町の白い壁のなかで、ひっそりと暮らしているようであった。

家々の扉は太陽の訪れを拒むかのようにどれも固く閉まっていたが、なかに一軒だけ、扉を開け放したままの家があり、建物の奥まで斜めに光線が入り込んでいた。その光の部分だけが鋭角にまぶしく明るく、後は黒々とした陰になっている。

通りすがりにそっとのぞくと、暗がりの奥にカウンターがあり、眼鏡をかけた初老の男性が立っていた。そして私たちを見て、「カフェ?」と言って手招きしてくれた。

店内にはカウンターと、壁沿いに木のテーブルと椅子がいくつかあるくらいで、がらんどうといってよかった。一歩中に入ると、外の日ざしが嘘のようにひんやりと涼しい。私たちが壁沿いの席に座ると、店主はガラスのコップに入ったミルクコーヒーをガラスの小皿にのせて持ってきてくれた。お客は奥のカウンターに常連とおぼしき男女がいるだけで、店主は薄暗がりのなかで彼らと静かに話している。

私たちは時間を気にしながらコーヒーを飲み、小銭を払って店を出た。そして駅に戻り、すでに停まっていた列車に乗って再び出発した。

ただそれだけの出来事であった。けれどもスペインというと、あのまばゆい午後の光と静まりかえった白い町を思い出す。

家で着る服

アラブ首長国連邦（ＵＡＥ）のドバイは石油産出国の都市として世界の富が集まる豪奢な街、というステレオタイプなイメージだったが、実際に歩くとそれはこの都市のごく一面で、別の一角には庶民的な街並みが広がっていた。

他国とのなによりも大きな違いは街には男ばかりだということだ。もちろん女の人もいるにはいるのだが、男の数の方が断然多い。空港からのドバイメトロにいたっては、乗客はほぼ九十八パーセント男である。大変な男社会である。昼ごはんに入ったケララ州系のレストランでも男しかいなかった。私たちが食事をしていると、遠くのテーブルの男が女の私を見つけて、一瞬凍りつき、あいつはいったいどこの異教徒だろうかと、異質なものを見る表情で凝視していた。

食堂だけではない、ジューススタンドもチョコレート店も男でいっぱいである。それもむくつけき髭面の中年男性が、量り売りのチョコレートを大量に買っていく。家で待つ妻や娘に持って帰るのだろうか、それとも自分で全部食べるのだろうか。用途は判然としないが、備え付けのビニール袋を好みのチョコで満杯にして買っていく。

露店の並ぶ広場から細い路地に入ると、そこにはびっしりと布地店と服飾店が並んでいた。明らかに女性向けの服の店なのに、いるのは客も店員も男ばかりである。女性用の黒いジュラバを売る店にもいるのは全員男。どうしてこう、どこもかしこも男ばかりなのだろうか。女は男の買ってくる服しか着られないのだろうか。

唯一買い物をしている女性に出会ったのはそうした服飾店の一軒であった。私が店の鏡の前でとっかえひっかえ気になる服を自分に当てて見ていると、同じようにして二点の服で悩んでいる年輩の女性がいた。そして突然、自分にはどちらが似合うかと聞いてきたのだ。私は初めその女性に気づかずにいたので、女性が店にいることに驚いたのだが、驚く方がおかしいので、心を落ち着けて彼女の選んでいる服を見た。それは裾に赤と黄と緑の糸で刺繍を施したものと、青とピンクのプリント模様だった。

外では黒いジュラバをかぶっている没個性の女性たちも、家の中では彩りあざやかなジャラビアやドレス、またはTシャツとデニムを着ている。おばさんはどちらもよく似合っていて甲乙つけがたい。私は青とピンクのプリントの方が似合っていると思ったが、しかし服として凝っているのは赤黄緑の刺繍の方だ。

おばさんには当然のごとく夫と思われる髭のおじさんが付き添っている。UAEでは基本的に女性ひとりでは外出しないのだろう。おじさんは買い物に興味なしといったふうではなく、妻につき合って辛抱強く待っているのだが、余計な口出しはしない。もちろんお金も夫が払う。

彼女は私に助言を求めた後もしばらく迷っていたが、結局刺繍の方を買って去っていった。私はインド綿の長いドレスと刺繍のチュニックを買ったのだが、せっかく街で女性に会ったのだから、私の服もみてもらえばよかった。

ヌメアのフランスパン

フランスの朝食はクロワッサンとコーヒー、という固定観念があって、仏領ニューカレドニアでもきっとそうなんだろうと思ってスーパーに行くと、クロワッサンの棚はほんの少しで、大量に並んでいたのはフランスパンであった。

いわゆる長い棒状のバゲットだが（いつも私はフランスパンと呼んでいるのでその呼び名を許してもらおう）、それがボックス型の棚にそのままぼんぼんと大量に積まれている。見ている間に補充のカートがやってきて、焼きたてが追加される。スーパーによっては横置きのボックスではなく、床に傘立てのように置かれたボックスに無造作に投入されている店もある。近づくと、パンの温かなよい香りがする。

次々に人がやってきて、その長いパンをすいっと手で取り出すと、備え付けの紙袋にざっと入れて、小脇に抱えて持っていく。誰もその棚の前で迷ったりしない。自分が毎朝食べるパンは決まっているのだ。少しほっそりした、いちばんプレーンなものが圧倒的に売れる。一本だけでなく二本三本と買う人もいる。その手慣れたようすが粋である。値段も他の食品に比べてうんと安い。日々の暮らしに欠かせないものだからだろう。

私も真似をしてボックスから——一瞬どれにしようか迷ってちょっと小太りのにして——すいっと取り出し、長い袋にざっと入れた。袋はクラフト紙である。フランスではプラスチック削減に真剣に取り組んでいるらしく、買い物袋はすべて有料で、いわゆるスーパーのプラ袋は見当たらない。スーパーだけでなく、どこで買い物をしても袋には入れてもらえない。最初は戸惑うが、しばらくするとそれが当たり前になる。

フランスパンを入れたクラフト袋は少し短くてパンの頭が出るようになっている。パンを持った瞬間、まだほかほかと温かく、焼きたてだ！　と思ったのだが、熱がこもらないようにしてあるのだろう。後で行ったベーカリーでは、小さな正方形の紙でパンのまんなかをくるっとくるむだけだった。その部分を小脇に挟むのだ。

表面にはほんのり焼き色がついて、中はふかりとやわらかい。日本のバゲットには表面がバリバリに堅く、中は気泡だらけで、食べると口の内側に刺さって痛く、ちぎれば大量の破片が出るようなのがあるが、ああいうのとは大違いである。もう四十年近く前だが、私が通っていた小学校では給食に丸形のフランスパンが出た。それはやわらかく、けれども歯ごたえはあって、フランスパンとはそういうものだと思ってきたが、ニューカレドニアでも昔食べたのと同じようなフランスパンが正統として食べられている。

フランスパンを抱えてレジに並んでいると、右隣のレーンでは、袋詰めしている地元カナック族の家族の、十代後半とおぼしき大きな息子が、フランスパンの頭をちぎってもぐもぐ食べている。育ち盛りだし、焼きたてパンの誘惑には抗えないのだろう。と、左隣のレーンでは、手にちぎったフランスパンの頭を持ったまま、焦ってお会計をしている白人の中年女性がいた。

どうやらこの町では、焼きたてのフランスパンの頭をちぎってつまみ食いするのも、お決まりの朝の風景のようであった。

気球の絵皿

我が家には気球の絵柄の飾り皿が三枚ある。いずれもスイスのミューレンで二十年以上前に買ったものだ。たまに取り出しては眺め、また棚に大事にしまっておく。実際は四枚買って、一枚は実家にお土産で渡したので、それは実家の飾り棚に飾ってある。

会社勤めをして初めての海外取材で訪れた一九九五年当時、ミューレンは気球の町として知られていた。おそらく十九世紀から行なわれていたのだろうが、町では一九六二年からアルプス越えを競う気球の国際大会が開かれており、取材ではその日特別に上げられた熱気球にも乗せてもらった。ロープによって地面に繋留されているとはいえ、ごうごうとガスバーナーの轟音がして、ゆらゆらと揺れ続ける、大きなバルーンのわりに小さな籠の乗り心地は不安定そのものだったが、眼下には緑の草原、眼前には灰色の岩峰の景色が広がっていた。

空中に浮かぶ気球から地上に無事降ろされた私はその足で町をぶらつき、見つけたのが気球大会のオフィスだった。

ミューレンはアルプスの中腹にあって、ゆるやかな坂道が町の中心を通っている。その坂の途中にある建物の飾り窓に、気球グッズがいくつか置いてあったのだ。気球に関するお店かなと思って扉を押して中に入ると、白髪交じりのやさしい笑顔の女性が、ここはこの町で行なわれるアルプス越えの国際気球大会の事務所なんですよと教えてくれた。部外者が入ってはと慌てて失礼しようとすると、大会に関する資料や記念グッズも販売しているので、どうぞご覧になってと言う。

彼女は私たちが日本人だと知ると、嬉しそうに、私は一時神戸に住んでいたことがあるんですと言う。子ども時代を神戸で過ごした私は偶然の出会いに驚き、すっかり打ち解けて英語と日本語とちゃんぽんで一生懸命話をした。

スイスは多言語国家で、私が訪れたヴァリス地方で多く話されているのはドイツ語だったが、その他にフランス語、イタリア語が使われており、大抵の人はドイツ語とイタリア語かフランス語にさらに英語も話せる。スイス人ガイドは最初の挨拶の後、「それで君とはどの言語で話せばいいかな？　ドイツ語、イタリア語、それとも英語？」と聞いてくる始末だ。しかも大変な早口でもある。

私はひさびさに人の口から日本語を聞いて嬉しくなった。彼女の夫は気球のパイロットだったそうで、彼女がそのことを誇りに思っていることは話しぶりから伝わってきた。きっと優秀で皆の憧れのパイロットだったのだろう。妻である彼女が初老になってもこんなに溌剌として感じのいい人なのだから。このオフィスは用のあるときだけ開くそうで、今日入れたのはまったくの幸運だった。

壁の飾り棚には、大会を記念して毎年作られる気球の絵皿がずらりと並んでいる。それがどれも個性的ですばらしい。まさか購入はできないだろうと思いつつ、マーガレット（彼女はそう名乗った）、あのお皿は買えるんですかと聞くと、もちろんできますと言う。え、本当ですか。どうしよう、どれにしようと、私はとたんに悩みの坩堝《るつぼ》にはまってしまった。

年代の古いものほど色も絵柄もシンプルで、それだけに味わいがあり、近年になると凝った絵柄になる。大会初期のものはさすがになく、だいたいが一九八〇〜九〇年代の作品だったが、どれも捨てがたい魅力がある。私はアルプスの岩壁近くを気球が飛ぶ絵と、茶色の地に白で気球と山が描かれた二十五周年記念、とりどりの気球が滝のそばを飛んでいく絵と、珍しい夜の絵柄と、四枚選んだ。同行のカメラマンは迷うことなく、二枚選んだ。

飾り棚は私たちが何枚も購入したことで随分すかすかになって、壁の白さがめだってみえる。調子に乗って買ってしまって、マーガレットは後でさびしく感じるのではないだろうか。私は自分のごうつくぶりに急に嫌気が差し、こんなに買ってごめんなさいと謝ると、彼女はそんなことはない、気に入ってくれてよかった。私はハッピーですと言ってくれた。そして奥から白ワインを出してきて、今日の出会いを祝して乾杯した。

絵皿を抱え、何度も別れを告げてオフィスを出る頃には、夏の山のひんやりとした夕べの空気があたりを覆っていた。

あれから二十年以上経って、先日ひさしぶりにスイス取材に同行してくれたカメラマンと再会した。おそるおそる、気球のお皿どうされましたかと聞くと、もちろん持ってる、家に飾ってあるよと、力強く言ってくれた。

昨年ミューレンに行った人によると、町にはもう気球のオフィスはないそうだ。いくら調べても、ミューレンで今も気球の大会を開催しているという情報は出てこない。現代において、気球でのアルプス越えの大会を大々的に行なうのは難しいのだろう。今では気球は移動の手段でも冒険の道具でもなく、なにか他のイベントの華やかな盛り上げ役になっている。

夫が気球のパイロットだったマーガレットは今もお元気だろうか。私たちが日本で気球のお皿を大事にしていると信じてくれているだろうか。せめてフルネームを聞いておくのだった。

地下鉄のトランペット

チリのサンティアゴで地下鉄に乗っていたら、トランペットの演奏が聞こえてきた。停車した駅の構内で演奏しているのかと思ったら、どうやら同じ車両にトランペット吹きがいるようである。聞いているとその曲が「ピンクパンサー」のテーマだったので、おかしくなった。我が家では暇さえあると動物を主人公にした他愛のない物語を話し続けていて、そこに出てくるおしゃべり好きでのんきな山のキツネコンビが、シカ狩りに出かけて獲物に忍び寄るときのテーマソングが「ピンクパンサー」なのだ。大抵狩りは不首尾に終わり、なんだかんだ言い訳しながらキツネたちは巣に帰るのだが、東京で歌っていた曲をチリの地下鉄で聞くとは思ってもみなかった。トランペットはいつも歌う先まで演奏したのでこんな曲なのかと聞いていたら、転調して別の曲に移ってしまった。

地下鉄でトランペットを聞くのは初めてだったので、そのままじっと聞いている。駅に着くたびに人の波が動くが、曲は途絶えず流れていて、人々が車内に収まると、電車は扉を閉めて再び動いていく。暗いトンネルを走る電車の中で、窓ガラスに映る自分の姿を見つめながら、トランペットの音だけが聞こえている。

しばらくすると音が止んで、背の高い、髪を短くした若い男の人が、お金を入れた小さな箱を揺すりながら歩いてきた。本当は入れたかったが、都合よくポケットに小銭がなく、入れられない。わざわざお財布を出して小銭を探して出すのはいかにも無粋だ。こういうとき、さっと小銭を出せたらいいのに。昔、ポケットに小銭を入れているのは格好いいなと思っていたことを思い出す。

人波をぬって歩く彼はトランペットをむき出しにせず、やわらかそうな布を軽くかけて見えないようにしている。彼は私の前を通り過ぎ、隣の車両に移っていった。また演奏が始まるかなと思ったが聞こえない。次の駅で降りてから見ると、トランペット吹きはドアのそばで空いた車内を見回して、さてどうしようかなという顔をして立っていた。

さいはての町

列車はゴトンと重い音を立ててチャーチルの駅構内に入った。窓から見える空は低く、薄い灰色をしていて、平原にそのままつけられたような引き込み線には、貨物列車が長長といくつも停まっていた。

チャーチルはカナダの北東部、北極海につながるハドソン湾に面したマニトバ州の町で、私たち一行は取材旅行の一環としてベルーガ（白イルカ）を見にきたのであった。

ハドソン湾にはホッキョクグマやアザラシなど北極海の生きものが多数生息しており、夏に子育てのために回遊してくるベルーガの群れを観察できるポイントとしても知られている。ベルーガは北極圏の海で暮らし、仲間と海中でさまざまに鳴き交わすことで意思疎通を行なっているといわれている。

寒々とした曇り空の下ではあったが、丸いおでこの出た、人懐っこい表情のベルーガたちは水面近くまで上がってきて、灰緑色の水中に白い体を踊らせながら、キュウキュウ、キュウキュウと鳴き声を上げて、船上の人間を喜ばせた。それまでベルーガのことなどなにも知らなかったのに、急に親しみを感じた私は、ひと気のない町の小さな土産物屋でベルーガのTシャツを記念に買った。

しかしチャーチルに至るまでも、ウィニペグ、トンプソンと滞在し、さらにはサスカチュワンへと、プロペラ機や鉄道やジープを駆使してカナダの大地を大人数で大移動してゆく旅に、そのときの私はひどく疲れてしまっていて、その晩行なわれたオーロラ鑑賞ツアーにも参加しなかった。

ただ、宿泊先のコテージの部屋のベッドに入ったまま、頭上にあった小窓から、黒い針葉樹の森の上に少しでもなにか見えるかなと、青黒い上に白い霞がかかったような夜空を仰ぎ見ただけであった。

そうして心に残ったのは、最北の地の冷たく透徹した自然の色であった。

城壁の町

ポルトガル南部の田舎町アレーデからの帰路は雷を伴う激しい夕立となった。車を停めてひと息ついてからシルベスへ向かう。雨は町に着く頃ようやく小止みになったが、細いくねくね道をさんざん迷った挙げ句、たどり着いた城壁近くのインフォメーションの女性はネット通販に忙しく不親切で、とりあえず町にホテルはなく、レジデンスしかないことを教えてもらう。レジデンスとは一般市民が住居の一角を宿泊者に提供している家のことである。そのレジデンスの場所もそこにある銀行近くのカフェで聞いて、とすげない応対である。しかたなくみるからに怪しげなカフェへ行ってこわそうなおじさんに尋ねると隣の建物だという。わけもわからずすぐ隣の建物の入口についた呼び鈴を鳴らして扉を引くと、目の前に長い急な階段があって、その階段の上に頭にカーラーを巻いたおばあさんが仁王立ちになって、不機嫌そうにポルトガル語でなにか言っていた。

今日はお断りだよと言っているのか、ここまで上がっておいでと言っているのかわからない私たちは、とりあえず造花で飾られた階段を上がって部屋に泊まりたい旨を話すと、おばあさんはそのまま私たちの前に立って（カーラーは一応緑の紗のスカーフで隠してある）部屋に案内してくれた。

そこは天井の高い、白壁の美しい、広々としたレジデンスで、宿泊者用に改造改築はしてあるが、明らかに昔ながらのポルトガルの都市の家の造りであった。寝室の天井から下がる水色のガラスのランプ、ベッドにはたっぷりの毛布、段違いの木の棚、長椅子、自然光の入る小窓。どれもが十九世紀のそれのようである。天井が高いせいだろうか、流れる空気は涼やかで冷たいほどで、高窓から入る光は白壁に反射して明るく清潔で、深閑としたひとけのない美術館、いや古城の広間を足音を響かせながら歩いているような気分に近い。こんな部屋でひっそりと三ヶ月くらい隠遁してみたいものだ。

外に出ると雨は止んで夕焼け空に変わっている。城門をくぐって教会へと歩いていく。

高台から静かに広がる煉瓦色の城壁の町を見下ろし、城門近くの老夫婦が営むカフェに入って、砂糖菓子を食べてカフェを飲む。それから人家が両側に並ぶ坂道を下っていく。でこぼこの石畳道は急な上に滑りやすいのだが、そんなこともほどよく感じる夕暮れである。人家はどれも同じ白壁のスクエアな造りで、木の扉の上に18や21と番地を示す番号がついている。扉はきっちりと閉まって本当に人が住んでいるのかと思うが、中からは話し声やテレビの音がもれ聞こえてくる。折しも脇道から階段を上がってきた親子連れ三人が、城門のすぐ横の家に鍵を開けて入っていった。

坂を下りた町では花屋の一角で売られていたレシピ集や雑貨店のオレンジを買ったりして戻ってくる。レジデンスはバスルームだけが共用で部屋の外にある。床のタイルが裸足にひやりと冷たく、朝方爪先だって行くと、高窓から白々と明けゆく空が見えた。

翌朝は町を出る前にコウノトリを見にいった。町の一角の工場の煙突や屋上に木の枝を集めて巣を作っている。下から見上げていると、気がついて上から見下ろしている。昔は樹上に作った巣を煙突に作るようになってさぞ不便なことだろうが、それもまたこの町では日常の光景のようで、人々は高い煙突の下を足早に歩き過ぎていくのであった。

コボロイの音

アテネの街を歩いているときに出会ったのはコボロイ（コンボロイ）だった。

海外の都市では通りごとに専門店が並ぶ街の造りはよくあるが、アテネもそのようで、入り込んだのは教会グッズを売る通りであった。祭服を売る店もあれば聖職者用の聖具を扱う店もあり、細かい刺繍の施された飾り帯やバッグやベルや牧杖が置かれている。十字架を売る店も多い。さしずめ神様通りである。店の扉の脇には小さな飾り窓があって、十字架のペンダントトップが飾ってある。数珠もいっぱいぶら下がっている。ロザリオだなと思っていたら、コボロイというものであった。店で聞くと手すさびに使う遊び道具だという。見た目は数珠なのだが宗教的な意味はなく、考えごとをするとき、またはなにも考えていないときに手にしているという。ただし男性しか持たない。

別のお土産通りに入ると、大小さまざまなコボロイが売られている。黒檀や琥珀や瑪瑙製が古くからのものらしい。やはり手に持って触るものだから、だんだんに色が変化してその人だけの一品になるのだろう。おばあさんの店ではまっ黄色の大粒の琥珀のコボロイがあって、うっとり眺めていたら売りつけられそうになる。なかには美しい小箱に入った象牙のコボロイもあって、見るまでもなく高価なものと思われる。私はある店でぱっと目に入った白い瑪瑙のコボロイを、悩んだ末にまけてもらって買った。見た目は数珠なのだがチェーンに余裕があって、珠はカチンカチンと音を立ててチェーンを滑り落ちるようになっている。珠の数はどれも同じで、全部で二十二個である。

カチカチカチ、カチンカチン。カチカチカチ、カチカチカチ、カチンカチン。

街角の男たちはチェスのような盤上ゲームをしながら、手にはコボロイを持って、絶えず珠を触ったりチェーンごと回したりしている。回りで立って見物している男たちも同様にコボロイを持って動かしている。時折誰に見せるでもなくちょっとした技を織り交ぜる。そのようすがあまりに自然である。子どもの頃、テストの時間に答案用紙に向かって考えながら、くるくると器用にペンを回している男子がいたけれど、あれと同じだ。考えごとをするとき、またはなにも考えていないとき、指先だけを動かしている。

カチカチカチ、カチカチカチカチ。カチーン、カチーン。カチーン、カチーン。

男たちしか持たないのが特徴で、女性はそんなおもちゃを触ったりしている暇もなく働いているのだろう。同じ手を動かすなら縫い物や編み物をして、なにかを生み出している方がよっぽどいい。手もちぶさただからそんなものをくるくる回しているのだ。コボロイを持っているのは中年以上の男性が多い。禁煙対策や老化防止効果もうたわれるらしいが、それよりも強いのは昔からの慣習だろう。いや、それとも心の平安だろうか。

私もコボロイを上手に回せるようになりたいと思ったが、女性は誰も持っていないので、カチーンカチーンとやるのは憚られ、ポケットに入れてただ触っていた。そうしていると、なんとはなしに落ち着くのである。宗教的なものではないと否定するが、やはりこれは祈りながら繰るロザリオと同じ効果があるのではなかろうか。ただ祈禱の道具で遊ぶのは当然御法度だから、あえて遊び道具として切り離しているのではあるまいか。

それで私は旅の間、ポケットに入れた瑪瑙のコボロイをただ触っていた。

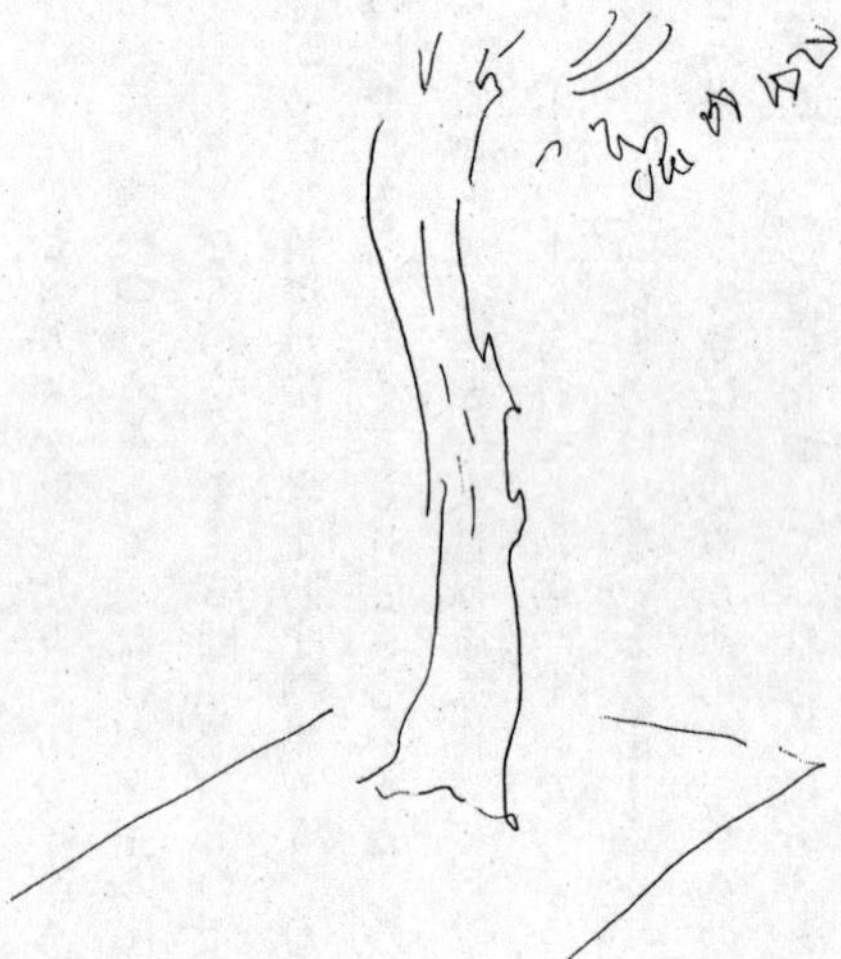

英国、裏庭の冒険

冒険の地平

アーサー・ランサム全集を初めて読んだのは大人になってからだった。海も山も旅も日常的に楽しんでいる男の子から、この本おもしろいよ、子どもの頃にうちの兄弟はみんな読んだんだと言われて、最初の一巻である『ツバメ号とアマゾン号』を貸してもらったのだ。

人にとっておもしろい本が自分にとってもおもしろいとは限らない。彼から分厚く無骨な装丁で茶色いしみだらけの本を手渡されたとき、はたして読み切れるか不安に思ったことを覚えている。児童文学という大まかなジャンルでも、男の子はどちらかという と空を飛び、魔法の国に遊ぶ幻想的なファンタジーを好み、女の子は地に足の着いた現実的かつ夢のある話が好きで、その趣向は大人になっても大きくは変わらないと思う。ランサム全集が心躍る冒険物語だと聞いて、私は異形の怪獣や妖術使いが出てきて派手に戦うようなファンタジーだったら困るなと思いつつ、つまらなかったらそこでやめればいいのだからと思って読み始めた。ところが予想に反してそこに描かれていたのは、作者ランサムの体験をもとに、イギリスの自然を舞台として描かれた、子どもたちの等身大の冒険物語だった。

ジョンを長男とするウォーカー家の四人きょうだいは湖水地方にお母さんや生まれたばかりの赤ちゃんやばあやとともに夏の休暇を過ごしにやってくる。滞在する農場には艇庫があり、茶色い帆をつけたツバメ号が収まっている。海軍中佐で海外赴任中のお父さんに許しを得て、子どもたちはヨットで湖に出て、憧れの島に上陸し、キャンプ生活を始めるが、やがて島にはアマゾン海賊を名乗る二人組が現れ、さらにツバメ号の乗組員を快く思わない屋形船の男の襲撃を受ける……。

読み始めてすぐ、私は当時勤めていた会社を出て家に帰ると寝床へ入って本の続きを読むようになった。本が大きく重くて通勤電車で読むには不向きだったし、休憩中にそんな本を開こうものなら現実に戻ってこられない危険性を自分でも察知していたから、もっぱら夜中に家で読むようにしていた。毎日家に帰るのが楽しみで、一冊読み終えると、次の巻を貸してもらうまでの間が待ち遠しくてたまらなかった。こんな気持ちはいったい何十年ぶりだろうか。たぶん子どものとき以来だ。今でも電車の中で夢中になりすぎて本に顔を近づけて一心に読んでいる子どもがいるけれど、あんな感じだ。ランサムを読んでいるときだけは、本の世界に入り込んで、湖の上にヨットを走らせ、洞窟を探検し、草の陰から水鳥を観察し、ラム酒ならぬレモネードを飲んでいた。彼らになにか事件が起こって感じる気持ちは私が感じる気持ちと同じだった。驚きも喜びも楽しみも怒りも心細さも必死さもやるせなさも同じだった。

そうして私は現実世界を離れ、本のなかの彼らと私だけの世界、喩えていうなら私だけの裏庭を楽しんでいたのだ。本を開きさえすれば、そこには自分が自在に楽しめる別の世界イコール裏庭が展開しているということが、物語を読むときのいちばんの喜びであり幸せであることは、子どもの頃から本が好きな人ならば共通する思いであろう。

さらに私を夢中にさせたのは、彼らの冒険が、彼らにとってごく日常的な場所で縦横に行なわれているという現実感だった。もちろん私にとっては遠い存在であるヨットであり湖だが、街の学校に通い、休暇を湖水地方で過ごす彼らにとって、それらはごく身近な存在である。そして彼らはその手の届く近くにある憧れや場所を巧みに反転させ、別の世界のものとしてとらえるのだ。ヨットは大帆船となり、湖は大海となり、今まで暮らした農場は先住民部落となり、きょうだいたちは船長以下乗組員となって冒険に乗り出す。子どもならではの自由な発想、自由な世界観をもち、現実と非現実を自由に行き来し、自らの力と考えをもって自然のなかを真剣に冒険することの途方もないすばらしさが、そこには余すところなく存分に描かれていた。

つまり、自分なりの自由な発想さえあれば、新しい冒険の地平はどこにでも開かれるのであって、それはなにも本当の未開の地でなくていいし、自分なりの冒険の場であればいいということなのだ。

実際に彼らの冒険の舞台となっている湖も島も洞窟も山頂も大洋も、すでに昔は子どもだった大人たちの誰かが足跡を残している場所であって、彼らが人跡未踏の地に足を踏み入れるという冒険物語ではない。でもそれがなんだというのだ？　自分たちにとってはそれが未踏の地であって、自分たちにとっての冒険でありさえすればいいのではないか？　誰かがやったということではなく、自分がやるということが冒険にとっていちばん大切なことなのではないのか？　行ったことのない場所に自らが行き、体験したことのない困難に自らの力で対処し、知らなかったことを見て、聞いて、会得するということが、冒険の本質ではないのか？

その意味でいえば、私が南の小島で無人の浜に泳いで上陸し、ひみつが浜と名づけて貝拾いをしたことも、夜が下りてくるのを全身で感じながら山中を駆け抜けたことも、滑落の恐怖とともに雪の頂に登ったことも、砂漠のまんなかでラクダとキャンプしたことも、海底から魚の群れの向こうに光る海面を見上げたことも、言葉の通じない異国の群衆のなかにひとり取り残されたことも、小さな山頂の日の光に温まった大岩で昼寝したことも、町なかに残された丘陵をたどり道に迷ったことも、そのひとつひとつは私なりの冒険であって、私だけの体験であったのだ。

そして彼らは自分たちの海図を作っていく。湖から見える未踏の山はインドヒマラヤの高峰、カンチェンジュンガの名を冠する。湖の北端は北極であり、人々の集まる町はリオであり、湖に流れ込む川はアマゾン川、そして夜中に水草にオールをとられたよどみはタコの礁湖《ラグーン》……。

身近にある日常が名前を変えるだけで非日常へと変わり、そこを冒険することで、自分だけの地図をもつ。それが地上のどこであってもいい。文字どおり自分の家の裏庭であってもいい。大自然のまっただなかでなくても、家を出て北に百メートル行ったところでもいいのだ。はたして自分は家から北に百メートル先のことを知っているといい切れるだろうか？　そこにどれだけの自然があって、どれだけの宇宙がつまっていて、どれだけの未知があるかを本当は知らないのではないか？

地図を描けるということは、その場所を自分なりに知り、自分のものにしているということに他ならない。私にランサムを貸してくれた男の子は、子どもの頃家の庭で飼っていたカメの行動範囲を克明に記した「カメ地図」なるものを作っていたという。南極に行ったことはなくても、自分の家の庭で起こっているすべてを知っていることも、ひとつの大きな冒険だといえるのではないだろうか。

もちろん、その対象が本物のカンチェンジュンガであり、本物の北極であれば、それは世界を自分の裏庭にしたことにもなる。名だたる冒険家も実はそのくらいの感覚なのかもしれない。経験と技術と好奇心によって冒険の対象が異なるだけで、いかなる冒険家にとっても、自分の立てた目標に向かって知力と体力のすべてを尽くすことが最も重要なのであって、最終的にはただその地図の縮尺が大きいか小さいかだけの違いなのだ。

ツバメ号の子どもたちは巻を進めるにつれ、湖を航海し、島を自分たちのものとし、陸地に上がり、金鉱を探し、世界の屋根に登り、凍った湖上を北極に至り、七巻の『海へ出るつもりじゃなかった』では、ついにイギリスからオランダまで、北海を夜間航海する大冒険を成し遂げる。

大人であれば誰しも、今生きている現実生活ではない別の世界をもつことが、本来の自分に立ち返る近道であり、人生を豊かにする手段であり、かつまた自分を救ってくれる場所であることを、成長するなかでいつしか知るようになる。それはもちろん閉ざされた自分のなかにもあるのだけれども、扉を開けた自然のなかにこそあると私は思う。なぜなら自然はいつも人間の存在をはるかに超えた別世界であるがゆえに、自分が思っている以上のなにかを必ず与えてくれるからだ。

今、世界中で人類が到達したことのない場所はたしかに無数にあるだろう。しかしその前に自分が到達したことのない場所はさらに無限にあるのだ。ここではないどこか、冒険すべき裏庭はどこにでもある。それは世界中に、身の回りに、そしてこうして物語のなかにもある。

シオンの裏庭

一日二回必ずオールド・マンに登るシオンという人は、町では有名人のようだった。オールド・マンは湖水地方の町コニストンにある標高八〇〇メートルほどの山だが、登って下りてくるだけでも三時間近くかかる。それをどうして一日二往復する必要があるのだろう。しかも彼は山中では水分を摂るだけで、なにも食べないのだという。登山愛好家にはときに少々偏屈な変わり者がいるものだけれど、シオンもそうなのだろうか。人づてに彼に登山の案内を頼んだのはいいが、正直少し気が重かった。

登山当日はよく晴れて、すがすがしい秋の朝だった。登山口にやってきたシオンはごく穏やかな表情の痩身の男性で、丁寧に登山上の注意点を教えてくれる。この地を舞台にしたランサムの物語の話になると、子どもの頃の僕は腕白だけど憎めない性格の末っ子ロジャに似てたよと楽しそうに言う。少し打ち解けたところで、小声でそっと、なぜ一日二回登るのですかと聞くと、即座にセイフティ・パトロールのためですと答えてくれた。たしかに七〇リットルはあるザックにはトランシーバーや怪我人を下ろすための背負い紐が装備されている。彼は単なる好事家ではなく、仕事の一環として一日二回登っているのだった。

オールド・マンは、物語のなかでカンチェンジュンガと呼ばれる高峰で、探検家の子どもたちは山中で一泊し、ザイルを使って岩場を登り、無事登頂をはたしている。いったいどんな山だろうと思っていたが、いざ登ってみると石ころの多い急な登山道で、楽しみは背後に広がる眺望のみという、ストイックな山だった。特徴的なのは足もとの石で、家の屋根や壁に使われるスレート石だという。コニストン周辺の古い民家や塀や納屋や羊用の境界線は皆この平たい石を積み上げて造られている。山の石を使って家を建てて人が住むという原始的な方法がここでは長らく当たり前だったのだろう。途中にはスレート鉱山の跡もあった。

シオンは歩きながら、僕はイギリスから出たことがなく、国内の山しか登ったことがないのだと話す。イギリスから遠く離れた山へ登りに行くと時間もかかるし、いつもの山にいない期間も長くなってしまう。それよりもイギリスの山に登り続ける方を選んだのだという。気真面目なシオンらしい考え方だと思う。そしてその考え方がうらやましく思える。すぐそばにこんな豊かな自然があって、そのすべてを享受できる立場にいたら、そこから出ていく必要などないと思う。それよりも身近にあるすばらしい山々を歩き尽くし、知り尽くし、自分の裏庭として慈しんでいる方がどんなに幸福なことかと思う。さらに彼は仕事として誰よりもよく知る自分の山を案内しているのだ。彼のような人もやはり真の登山家だと考えていると、シオンは、僕は変わり者だから、と付け加えたので、私はいっときでもそう思ったことを申し訳なく思った。

頂上直下でロジャは岩場から落ちて大騒ぎになるが、シオンはもちろんロジャのようにヤギを見てずっこけたりはしない。着実に登り着いた山頂のケルンはスレートの山だった。吹きっさらしの頂からは、コニストン湖はもちろんモーカム湾も海も見えるし、遠くヨークシャーの山々も見える。探検家の子どもたちが世界の屋根に立ったときと同じ風景が広がっている。

『「もちろん、どんなに高くのぼったって、地球がすっかり見えることなんてないね。」と、ロジャがいった。「見えないほうがいいのよ。つぎになにが見えるか、わからないほうがおもしろいもの。」と、ティティがいった。』（『ツバメの谷』より）

まったくそのとおりだよティティ。

思いのほか遅い隊の歩みに、シオンは下山を草原からダイレクトに下るルートに変更した。輝く湖面を正面に見ながら、登りとはうって変わってやわらかな草に石が深々と埋まる斜面を走るように下っていく。

山を下りて、町へと戻る道を歩いているとき、シオンに、今日は私たちにつき合ってあなたの日課である一日二回登山ができなくてごめんなさいと謝ると、彼は驚いたように向き直り、私の両肩を持つと、君たちが今日この山に登ったことを楽しんでくれたのなら、それが僕にとっていちばんの喜びなんだ、と私の目を見て言ってくれた。その瞳の色は高所で紫外線を多く浴びたためになる、登山家特有のはるか遠くを見ているような、澄んだグレーだった。ロジャが年を取るとこんな人になるのかもしれない。

裏庭三題

ターンハウの裏庭一

ターンハウの湖面は静まりかえっていた。木も草も水も沈黙し、人々のざわめきも湖が吸いとってしまったかのようだ。もやのたつ朝早くや星の輝く夜更けには、きっとこの世のものとも思われない静寂が満ちているのだろう。

ほとんど動いていない湖面はそれでもわずかな風があるのかうすく波が出ていて、尖った鉛筆の先で一心に描いたような細い細かいラインが湖の果てまで続いている。

町から歩いてしばらくの裏庭に、こんなふうに永遠ともいえるものがふつうの顔をして横たわっているなんて、空恐ろしくもまた幸いにも思えるが、考えようによっては、自分のすぐそばにも気がつかないだけでひっそりと存在しているのかもしれない。

ターンハウの裏庭二

日曜日のフットパスは大人気。ビスケットの缶や絵はがきやジグソーパズルの絵柄になるほど有名なターンハウならなおさら、人々は色とりどりのウエアに身を包んで、体のわりに小さいデイパックを背負って、湖めざして足早に歩いていく。

湖畔には駐車場があって、ハイカーたちに混じって観光客の姿も多いが、雑多な喧噪はどこにもなく、ひろびろと広がる湖の周りを思い思いに散策し、やがて静かに座って休日のハイキング気分を味わっている。

高曇りの空からは時折弱い光が射してくるだけで水辺は寒い。なのに皆背中を丸めて黙ったまま、いつまでも湖のそばから離れようとしない。そのまま風景のひとつとなって、ジグソーパズルになってしまいそうだ。人々はどこかでそれを望んでいるかのようにみえる。

コッパーマインの裏庭

カラカラと軽く硬質なスレート石の音をさせてフィルがトンネルに入っていく。今日フィルの口から何度コッパーマインという言葉を聞いただろうか。彼にとってこの地で採れた銅とスレートはご自慢の種だ。

びしょびしょと水のたまった坑道を手に持ったあかりを頼りに行くと、すぐに突き当たって「ここから地下一〇〇〇メートルまで銅を採りに下りていったんだよ」と教えてくれる。すでに閉山されて数十年以上経つ採掘場には古い索道が残っている。ランサムの物語『ツバメ号の伝書バト』に出てくる金の鉱山のモデルはここだよとも話してくれるが、なんともいえぬ暗がりで、早く引き返したい気分だ。穴蔵を出てくると入口のそばに立つ木が細かい黄葉を風に揺らしていた。一本の木に目がとまるときというのはこういうときだ。

朽ちた水車や作業場の横には銅を採った後に捨て置かれた石が山になっている。フィルが拾って渡してくれた石は赤銅色でずっしりと重い。表面には水晶やミネラルのかけらがちかちかと光っていた。ちょっと重すぎるかと思いながら、ポケットに入れて先を行くフィルを追いかけた。

グライズデイルの裏庭

地図上ではブランズウッドの館の庭を通り抜けるとフットパスに合流するはずなのだが、木戸を開けて閉めて歩いて、木戸を開けて閉めて歩いてを何度繰り返しても、なかなか目当ての道は現れない。

いったん戻ろうにも、もうすでにいくつもの庭を抜けて斜面を上がってきてしまっていて、先ほどまで船上の人だった湖は眼下に遠ざかり、次の便が蒸気を上げながら桟橋を離れていくのが見える。通ってきた庭はそれぞれに趣向が凝らしてあり、野生と人手がうまく作用し合ったイングリッシュガーデンには小さなりんごがいくつもなり、やせた木立に羊歯が茂る自然のままの庭には落ち葉が今朝の霜をまだかぶっている。そんな晩秋の景色も心ここにあらずで足早に通り過ぎ、枯れた蔓草のからんだいくつめかの木戸を開けると、ようやく道に出合った。

もう大丈夫。先ほどまでの心細さはどこかへ消え、この数分間の冒険が無事成功に終わったことに満足する。次に来たときはぜひあの庭を楽しもうとゆったり思いながら、金色に光り輝く森の道を下っていった。

別世界からの帰還

帰国する日の朝、車で隣町まで送ってもらう道すがら、窓の外に数日前に歩いたフットパスが見えた。あれは、ターンハウに行ったときの道だ。次々に目の前を飛び去っていく木立の合間に、道がとぎれとぎれにつながって見える。あ、あの橋渡った。あの分岐も覚えてる。あれを過ぎると、そう、牧場になるんだった……。歩いたときには数時間かかった道も、車ならあっという間に通り過ぎてしまう。再び目にしたあの日と同じ光景は無性に懐かしく、ああ、ここは私の歩いた道なのだと思った。

コニストンには多くのフットパスがあって、数日の滞在では歩き切れなくて、私が歩いたのもごく一部で、コニストンを知ったとはとてもいえないのだけれども、少なくともこの道は歩いた。そして楽しかった。歩いた道程も見た光景も起こった出来事も私の冒険地図には描き込める。もし人に聞かれたら、ルートも描いてみせられる。

旅に出てまたいつもの生活に戻ると、ふと感じることがある。

たとえば、メキシコを旅したときはサボテンしかない砂漠の大地を踏み、そこにあるものを見て聞いて味わってきたのだが、かの地を離れ、帰国したと同時に、私の後ろで扉がぱたりと閉められ、そんな出来事はなかったかのような顔をして、メキシコという空間がすうっと遠ざかって、単なる地図上に表記されただけの国に戻っていってしまった気がした。

たとえば、日本であれば三〇〇〇メートルの頂に登ったその日に一気に山を下り、夜には日常に戻っていつもの椅子に座ったときに、今朝あの山頂で見たご来光は夢のなかの出来事だったのではないかと疑問に思う一瞬に襲われることもある。

もしかしたら、今目の前を通り過ぎていくコニストンの道も、見えなくなってしまえば、現実とはつながりのない夢のなかの存在にしか思えなくなるのかもしれない。

その感覚は、本を開けば物語の世界がそこに大きく展開し、閉じればまたなくなってしまうのとよく似ている。自分が見ているときだけ世界は立ち上がり、見ていないときには消え失せてしまう。見えているのは目の前だけで、振り向くと自分の後ろは真っ暗闇なんじゃないかと思う、と言った友人がいたが、それも同じことだ。

ただ自分はそこにいないだけで、それを見ていないだけで、世界は当然存在しているし、刻々と時間は流れている。私がそこにいようがいまいが、コニストンはそこにあって、人々はあの道を歩いていく。コニストンに限らずあらゆる世界は自分に関係なく存在している。自然のなかにいると、旅の途上にいると、そのことを痛いほど思い知らされる瞬間がある。自分の目にしている空間、過ごしている時間、そして自分の体験は自分だけのものでしかない。

この先私は、世界中はおろか、コニストンの道でさえ、そのすべてを歩くことはできないだろう。しかし、それでいいのだ。少なくとも私のなかには、コニストンもメキシコも、私の体験した世界は確実に存在している。

『私には私だけがとり行う儀式があった。それは、だれにも内緒で、片手を湖の水にひたすことだった。これは愛する湖に対する挨拶、もしくは、ほんとうにふるさとへもどったのだという実感をえようとする行為だった。後年、私は老人になってからも、私は自分を笑いながら、そして、やめようと思いながらも、いつもきまってやってしまう。仮にきょうあそこにもどれるとしたら、湖岸までおりてこの指にあの水の冷たさを感じるまでは、なんだか落着かないことだろう。』(『アーサー・ランサム自伝』より)

どんなにその場所を楽しみ、愛していたとしても、その場から離れてしまえばそれはとたんに現実感のない、夢のなかの出来事になってしまう。それはいたしかたないことで、人は皆現実の生活を飛び出したまま生きていくことはできない。だからこそ、何度でも戻ってくればいいのだ。戻るたびに湖に手をつけてその冷たさを実感できればいいのだ。なによりもその世界をもつことが大切なのだから。そしてその世界は必ず自分を待っていてくれるのだから。現実世界と別世界、日常と非日常、表庭と裏庭を行き来することと自体が冒険なのだから。

車はもうとっくに私の歩いた道を離れ、隣町へと近づいている。

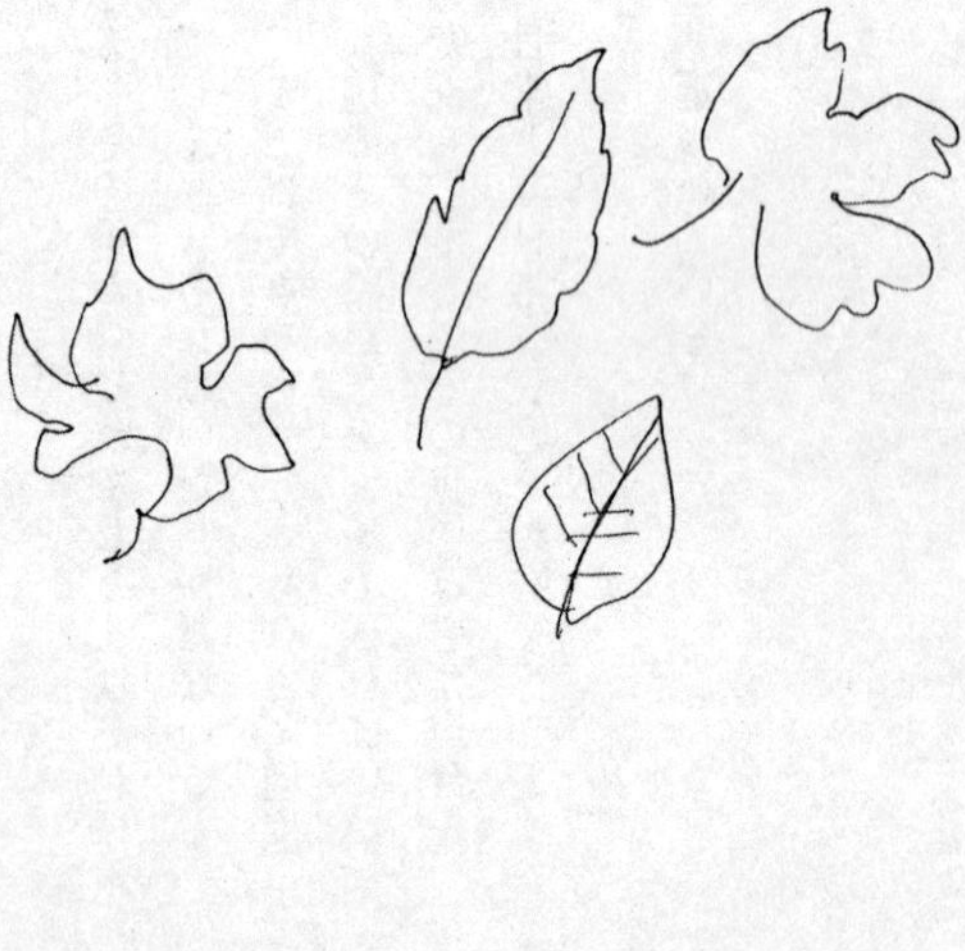

地中海の島キプロス

キプロスの教会

扉は開かないだろうと思っていたので、押したら開いて驚いた。開けたとたんに内部からどっと強い気のようなものが迫ってきたので、そのまま閉めてしまいたかったが、一回開けた手前、やはりお参りしなければと思い、そっと中に入った。三、四人も入ればいっぱいになる狭い暗い堂内で、入って二歩ほど前の壁には聖像を描いた絵が何枚も貼ってあって、その前にろうそくが灯っている。そのあかりにほっとする。誰かが私たちの前に来て、灯していったということだから。

ここでは献金をしてろうそくを灯すようなので、お財布から一セント出してお皿に入れて、横に置いてあるろうそくを灯す。黄土色をした細い長いろうそくである。

それを砂の上に立てていると、扉の外でバイクの音と奇声が聞こえた。嫌だな、入ってくるのかなと思うと、次の瞬間に入ってきた。十代とおぼしき男の子たち数人で、いちばん後ろにいた子はまだ子どものような顔をしている。こちらが驚いたように、彼らも思いがけず堂内に人が、それも東洋人がいたのに驚いた顔をして、ハロウと言ったので、ハイと返す。みるからに不良っぽい子らだったが、十字を切りながら入ってきた。

私たちは狭い堂内を早々に出て、表で咲いている花を撮ったりしていたのだが、しばらくすると彼らが出てきて、またバイクに乗って去っていってしまった。

彼らがどやどやと入ってきたときは、きっと教区の子どもたちで、教会の掃除の当番などが決まっていて、連れだって来たのだろうと思ったが、ふとあれは、献金泥棒に来たのではないかと思った。献金はお皿にむき出しになって置いてあるのだ。

いやいや、それはどうかわからない。そうではなくて、彼らは見かけによらない、信心深い真面目な子たちかもしれないではないか。習い性ではあるだろうが、入ってくるときに十字だって切っていた。人を見かけで判断してはならない。けれどもあのようなようすでは、いくらにもならない少額の小銭でもポケットにじゃらりといただいていくのではないかと思う。

そんなことはもう一度教会に入って見てみれば一目瞭然なのだが、しかし私がここでそれをする必要はない。それこそ私が試されているというものだ。もし、彼らがお金を盗っていったとしたら、神様の前で盗みを行なうのだから、神がそれでいいと思っているのであって、もし盗んではいけないのであれば、いつか彼らにそれだけの報いがあるということなのだ。もちろん彼らがお金を盗っていなければ、彼らはやはり信じるだけの価値のある人間だということだ。

そのどちらであるかは、私には知る必要のないこと、知らなくてもいいことであって、私は彼らが盗みを働くような人間ではないと思っていればいいことなのだ。すべては私ではない誰かが見ておられるのだから、それでよいのだ。

それから私たちは車で教会のある半島の山の上まで上がった。太陽の光が海に反射してきらきらと光の道ができている。陸と海の境はわかるが、海と空の境はぼやけていてわからない。遠くに小さい岬が見えていて、あのようなところに神様がいらっしゃるんだよなと思いながら見た。

キプロスの教会

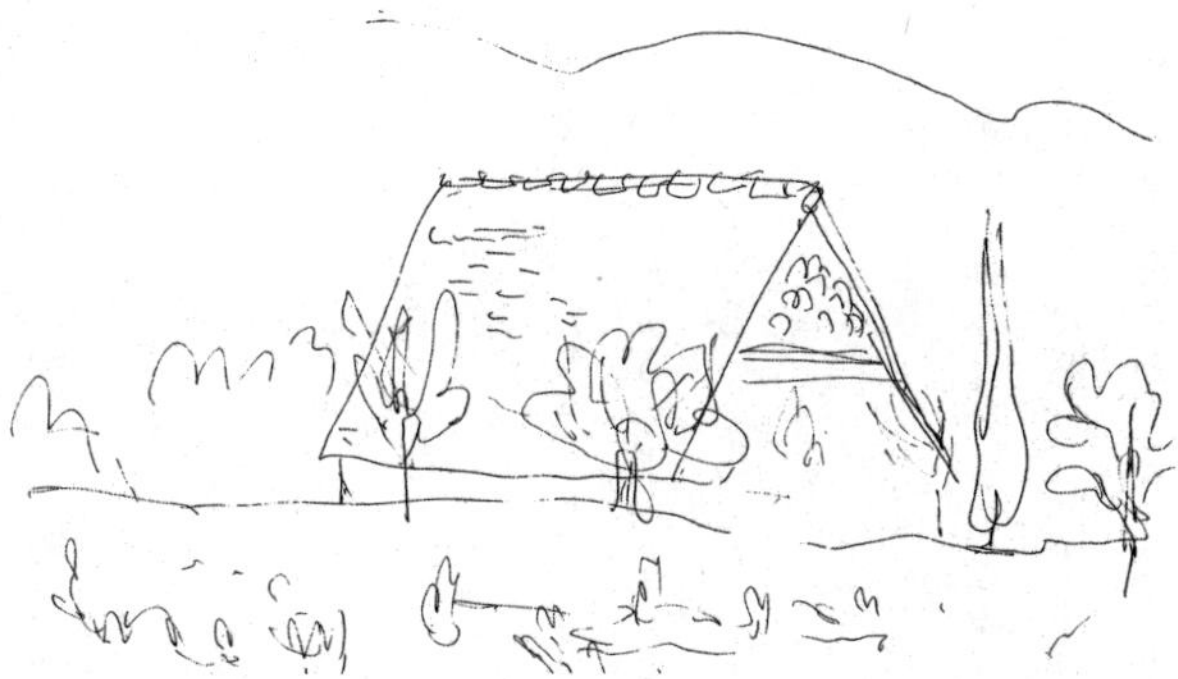

キプロスの壺

うつわを作るおばあさんの動きを見ていたとき、私は知らず知らずのうちに、おばあさんの動きに連動して小刻みに動いていたようであった。私としては、おばあさんの動きというよりは、おばあさんに作られているうつわになって動いていたのである。

ここで削る。ここでなでつける。ここで水に濡らす。というふうなおばあさんの動きに合わせて、削られ、なでつけられ、水に濡らされる、うつわの気分になっていた。

そして、うつわになった気分であのたゆみないおばあさんの動きをじっと見ながら思っていたのは、四千年前からこの地にあった窯で、四千年前と同じ動きをし続けているのは、あのおばあさんにとって幸せなことだろうということであった。

もちろん、おばあさんはただ機械的に同じ動作を繰り返しているのではなく、そのときどきで、ここの丸みがどうしてもうまくいかないとか、底の厚みはこのくらいでいいだろうとか、もうあと少し削ろうとか、他の人にはその違いがわからないほどの、細かい試行錯誤を繰り返しているだろう。

しかし、そうした自分との世界のなかで、自分の作りたいものを追求して、誰とも口をきかず、小鳥の声のする場所で、土をこねて形にして焼いて、それが人の使うものになるなんて、すばらしいことではないか。それは四千年以上前から、人間が営々と続けてきた行為なのだ。なにもそれはやきものに限ったことではなく、衣食住にかかわるものづくりすべてにおいていえることである。無論、それら人の手で作られたものが、今の社会では必需品ではなくなっていることが問題なのだが。

地中海に浮かぶキプロスでは古来水が貴重であったため、壺や水甕が生活に欠かせない道具であった。おばあさんの窯のあるコルノスに来る前に寄った町では、家々の玄関先に、つい数年前まで使っていたと思われるテラコッタの大きな水甕がいくつも据えてあった。だが今ではその多くが、少々大きめな植木鉢へと役割を変えている。

その意味ではおばあさんのあのたゆみない動きは現実に即していないのかもしれない。

だが、現実的であればいいということでもないし、そうあれかしということでもない。

ただ想像するに、あのおばあさんはたいへん幸せなのではないかと思う。

キプロスの壺

キプロスの切手

カコペトリアはトロドス山の中腹にはりつくようにして造られた町である。岩をくりぬいて、そこに木枠をはめ込んだような家が建ち並び、その間を人やヤギだけが通れる石畳が続いている。穴蔵に似た家では一日中外の光が部屋の奥まで射し込むことはなく、人々はわずかに窓の外が明るくなることで朝が来たことを知るのであった。

そんな昔の暮らしのままの町の宿で朝早く起きた私たちは、散歩に出かけることにした。夜が明けたばかりの、まだ暗い影を落とす家々の間を抜けて坂道を下りていくと、町の中心部に出る。この町に多いプラタナスに囲まれた広場にはすでに朝の光が降り注いでおり、木々の葉は明るく輝いていた。商店もまだ閉まっていて、町角のウインドウをのぞきながら歩いていると、小さな宝飾店の向かいに郵便局があった。扉を押すと開いたので、中に入った。私は旅先で切手を買うのが好きなのである。

初めは日本に手紙を出すために買っていたのだが、次第にその国ならではの切手のおもしろさに魅せられ、郵便局を見つけると必ず入って気に入った切手を買うようになった。大抵の国で、窓口の局員はまず最初に私が頼んだ航空切手をぶ厚いスタンプ帳から取り出すので、次はそのスタンプ帳を見せてくれと言う。妙な外国人だと怪訝な顔をされるが、ただの切手好きだとわかると一緒になって切手を選んでくれる。

キプロスのその郵便局には眼鏡をかけた知的な女性局員がひとりでいて、私の望みを理解すると、いろいろな切手を次々に出して見せてくれた。記念切手は一年ごとにセットになっていて、順に見ていくうちに、毎年必ず同じ柄の切手があることに気がついた。それは女の子が鉄条網の前で涙を流している図案である。これはなんですかと問うと、彼女は一瞬沈黙し、北キプロスとの紛争が始まって以来、毎年発行されているものだと言った。

キプロスは地中海に浮かぶ島国だが、一九七四年以降、トルコ系住民が実行支配する北キプロスと、ギリシャ系住民のキプロス共和国（南キプロス）に分断されている。現在は停戦中だが、紛争当初は激しい内戦が行なわれ、トルコ系の住民もギリシャ系の住民もお互いの故郷を追われたという。キプロスはこうして毎年切手を発行し続けることで、北キプロスに対して、また世界に対して、異を唱えているのだろう。小さな切手は国の意思を伝える道具でもある。

数日後、私たちはカコペトリアを離れ、北キプロスとの停戦ラインのある首都レフコシアに移動し、北キプロスに入国した。入国したといっても、北キプロスは国際的に認められていないので、パスポートゲートはあっても、出入国印はパスポートには押さず、別紙に押される。こうした形での両国の行き来も、二〇〇八年になってようやく再開されたという。

歩いて入国した私たちは両国の明らかに異なるようすに戸惑った。中央通りには官公庁や飲食店が並び、活気があるが、一本路地に入ると、分断前のものと思われる朽ちかけた家や廃屋が並んでいる。無論、旅行者が一見しただけのことで全体像はまったくわからないが、少なくともゲートで隔てられた南側のレフコシアとは大きな差がある。私は北キプロスの郵便局でも切手を買ったが、そしてむくつけきおじさん局員は見た目よりずっと親切だったが、分断反対の切手は見当たらなかった。

再びキプロスに戻り、町を歩く。書店では親切な店主とその友人に出会い、町案内を聞くうちに、私はお店の詳しい場所などを教えてもらおうと地図を取り出し、彼らに渡した。ところが、それまで笑顔で話していた人たちが、急に表情を変えて、地図を置いた。私は間違えて北キプロスの地図を渡してしまったのだ。その表情は、間違えた私に対してというよりも、分断に対する腹立たしさと嫌悪感と諦めのようなものが入り交じった表情だった。表立った争いはなく、何事もないように暮らしている人々も、心のなかには複雑な感情がある。

カコペトリアの郵便局で局員の彼女は、沈黙の後、二〇一〇年には北キプロスとキプロスの間で対話が再開したことを記念する切手が発行されたと言って、見せてくれた。キプロスの大統領がしかめ面でサインしている切手だったが、もちろん私はその切手を買った。

キプロスのお菓子

四月というのにトロドス山にはここ数日の雪が積もっていて、車がスタックしそうになったので途中で引き返し、街道沿いの商店に立ち寄った。私たちは山を越えた先の町へ行こうとしており、山越えせずに行ける道を地元の人に尋ねようと思ったのだ。三軒ほど並んだ土産物屋のうちでその店にしたのは、店先がこぎれいに整頓されていて、ウインドウ越しに草で編んだ大きな籠が見えたからだった。

中に入ると、棚には蜂蜜の瓶やワインのボトルが数は少ないけれどもセンスよく飾られている。奥から出てきたのも、こざっぱりした身なりの小柄なおばさんだった。おばさんに道を尋ねるより先に、気になっていた大籠をのぞかせてもらうと、殻付きのアーモンドがどっさり入っていた。籠はいくつもあって、どれもマイ・ガーデンで収穫したものだという。アーモンドといえば殻の中の実しか見たことのなかった私は初めて見るような気持ちでそれを見た。殻付きといったが、正しくはそれは種子で、木になっているときは回りに薄い果肉がついている。つまり他の果実と同じように果肉に包まれた種子があって、それを割った中の仁が、ふだん食べているアーモンドなのだ。

私はおばさんの果樹園のアーモンドを半キロ買うことにして、次に棚にあった白く濁ったワインを見ていると、それはマイ・ガーデンのぶどうで夫が作ったワインだという。アーモンドとワインをレジに出すと、今度はレジ横に棒状の奇妙な物体が置いてあって、ハエ除けの網がかぶせてあった。茶色く波打った丸い棍棒状の、固いこんにゃくのような物体で、断面の中心にアーモンドが入っている。これはスジコだという。

え？　スジコ？　何度聞いても私の耳にはスジコと聞こえてしまうが、シュジュコというお菓子で、アーモンドを糸でつないだものを芯にして、小麦粉を混ぜたブドウジュースに浸けては引き上げ、乾かす作業を繰り返して作った郷土菓子だそうだ。

おばさんと私は英語とギリシャ語と日本語のちゃんぽんで話しているので、ことの細部が伝わらずお互いもどかしい。おばさんはちょっと待ってと奥に行き、両肩がぐにゃりと曲がったハンガーを持ってきて、これにアーモンドの紐をぶら下げて、ブドウジュースに浸けてはまた引き上げるのよと教えてくれた。おばさんはなんでもないような顔をしているが、直径三センチほどあるこの棍棒の太さにすることを考えると、まったく気の遠くなるような作業ではないか。現在は芯にクルミも使うという。

スジコもといシュジュコはよく見ると断面が年輪のようになっており、薄く切って食べると、ブドウの味がよくして、アーモンドやクルミの食感がアクセントになっている。なんとも古めかしいお菓子だが、その過程を思えば食べるのが惜しいほどである。昔は贅沢な高級菓子だったにちがいない。

おばさんの店の品はこうしてどれもマイ・ガーデンでとれるものを組み合わせて、時間をかけて作られている。そのことがすでに今の世では貴重なものなのだが、長年そうしてきた人にとっては当たり前のことでしかない。そのことにまた価値がある。

それで肝心のトロドス山の迂回路だが、おばさんは店の外まで出て、親切に行き方を教えてくれた。そして私たちが「エフハリストポリ（ありがとう）」と言って窓から手を振るのを、見えなくなるまで手を振って見送ってくれた。

キプロスの木

木と話す

前日、突然の積雪で断念したトロドス山へ、北側から車で無事に上がる。登山口に着いた時間はすでに午後だったので、いくつかあるハイキングコースのなかで、ジュニパー（ネズ）の大木がある往復二キロのショートコースを歩くことにした。最初は曇り空だったのが、途中から日が射し込んで、あたりは輝かしい光景になる。ゆるやかな傾斜はあるものの、道は整備されていて歩きやすい。ところどころにベンチが置いてある。やがて右手に川の流れが現れ、川音を聞きながら針葉樹が主体の森を抜けていくと、岩肌が崩れた場所で電気石を発見した。

電気石とはトルマリンのことで鉱石の一種である。ここの石屑は灰緑色でなかなかの高品質である。それとわかると急に目の色が変わって、もっといいものがないかと探し、岩に石を打ちつけたりして、なんとかして大きな結晶を取り出そうとする。

ひとしきり電気石で遊んで、ふと振り返ると、川を挟んだ対岸の山肌にモミやマツやネズなどの針葉樹が立っているのが見えた。その木々の並び方はランダムで、なんの法則性もないが美しくみえる。まんなかに木があって、それを取り囲む低い木がポツポツとあって、少し離れたところに二本の木があって、奥にはまんなかの木を見守るように大きな三本の木が柱か屛風のように立っている。その脇にはまた細めの二本の木が寄り添って立っている。そんなふうにして木の並びを見ていく。すると山の向こうから光が射してきて、あたりを明るく取り巻き、細い針葉の間を白銀の光が斜めに入って、まばゆく輝き始めた。

森閑とした、誰もいない午後遅くの山のなかで、それらの無言のきらめきを見ながら、この美しさは神様でないとつくれないなと何度も思う。ただ美しい。ただそれだけで美しいものなんて人間にはつくれないでしょう。二十年以上前にインタビューの仕事で画家の横尾忠則先生にお会いしたときに、「太陽に意志なんかないでしょう。美しいものには意図や意志なんかない」とおっしゃったのが脳裏にこびりついていて、そのことを繰り返し繰り返し思ってきたが、今回も思う。木々はそこに立って、自分の生を生きているだけなのだ。

電気石のかけらを持ったままじっとして動かない私を見て、近くで花の撮影をしていた夫が戻ってきて、「君も今、あそこの木と同じように地面から生えてたよ」と言った。

突端のオリーブ

アカマス半島のハイキングコースは明るい緑の灌木のなかから始まっていた。石灰岩のごろつく白い道をゆるやかに登っていくと、だんだん地面が赤っぽく変化してきて、やがて岩場の登りになった。振り返ると、登ってきた白い道が緑のなかにまっすぐに見えている。再び道が平坦になった先には大木のオークが立っていて、長く枝垂れた枝先が緑陰をつくっていた。

さらにまた白い道を登っていく。道標は鉄にぽこんと穴を空けただけのものでルートを示している。二時間以上歩き、ピークを巻いて登り切った先は小さな突端になっていて、オリーブの木が一本立ち、朽ちかけた木のベンチがひとつ置いてあった。

そこからは地中海と海岸線が視界に入り切らないほど大きく広がっていた。すばらしい眺望だった。海は青くそして緑で、細かに入り組んだ海岸線とともにはるか先まで続いている。立っているだけで相当な高度感があり、道はこれから海岸線に向かって一気に下っていくようだった。

オリーブの木は海から吹き上がる強い風でゆがみ、くにゃりと曲がっているが、しっかりと根を張り、もう何十年も前からそこで海を見下ろしているようだった。トレイルを歩いてきたハイカーの多くはこの小さな突端で立ち止まり、ベンチに座って海と海岸線を眺めただろう。曲がりくねったオリーブの幹を見ていた人もあったかもしれない。

そしてまた私もそのひとりである。

心の木

草原沿いの田舎道を車で走っていたとき、背の高い大きなマツが目に入ってきた。なぜだか強く心惹かれるものがあって、車窓からでもその姿を撮りたいと思ったのだが、うまくいかずに通り過ぎてしまった。

しばらくして目的にしていた小さな教会に着くと、教会の先の草原に先ほどのマツがすらりと立っていた。どうやらこのマツに呼ばれていたらしい。

私は教会を見た後、マツに向かって草原の小道を歩いていった。枝を広げた木の下にはベンチが三つあって、夫が「これは君みたいな人が来て座る」と言う。そのベンチに座って、次に横になった。そうして体を伸ばして見上げていると、木から神聖な力が降り注いでくるのを感じる。私はそのまましばらくの間、木と対話していた。それから起き上がって木の回りを歩くと、掌ほどの大きさのマツボックリが落ちている。拾いたいけれども拾っていいものやら悩んで、いいように思えたので、三つもらった。

少し離れてから、そうだ、木を描いておこうと描き始めたが、ちっともうまくいかない。木を描くのは簡単に思えるけれど、いざ描き始めるといつも失敗したと思うのだ。それでも今日はマツに、いいんだよ、描こうとすることが大事なんだよと言われた気がした。夫は私の描いた絵を見て「いいんです、この木は君の心の木ですから」と言った。

壺の町のオレンジ

グラタが古くは陶器作りの盛んな町だったと知って訪ねてみたのだが、日本の伊万里や有田のように陶器の町として今も存在しているのかと思いきや、教会があって広場があって商店があって、後はゆるやかな斜面に古い水甕を玄関に置いた家が並ぶ、静かな住宅街であった。

白い石造りの教会を寝ぐらにして回りを舞い飛ぶイワツバメを仰ぎ見た後、坂を上がっていくと、おそらく数世紀前に創建されたと思われる教会に出た。といっても十字架がないので初めは教会とわからず、外壁の丸い竈のような出っ張りから古い窯場かと思ってみるが、庭に回って格子窓から中をのぞくと、壁画が見え、丸い竈のような部分は聖壇になっていた。

その壁画の聖人たちの顔だけが破壊されている。いつの時代かはわからないがおそらく異教徒のしわざなのだろう。人々の間では何百年も前から同じようなことが延々と繰り返されてきているのだ。救いはその小さな庭で、カモミールやローズマリーやセージなどが生えていて、ハーブのよい香りがする。この町に限らず、キプロスでは戸外に出るとふわりと花の香りが流れてくる。春、四月の今は主にオレンジの香りであった。

街道沿いには人家の庭先にオレンジをどっさり詰めた袋の載った台が置かれていて、私たちは喉が渇くと車を降りて一袋もらい、硬貨を置いた。

この町にもオレンジの畑が点在している。畑の石垣に座って花の香りを楽しんでいると、どこからかおじいさんがやってきて、かたわらの木に手を伸ばし、実を四つもいで渡してくれた。私たちの車にはすでにオレンジがごろごろしていたが、ありがたくもらって坂を下った。

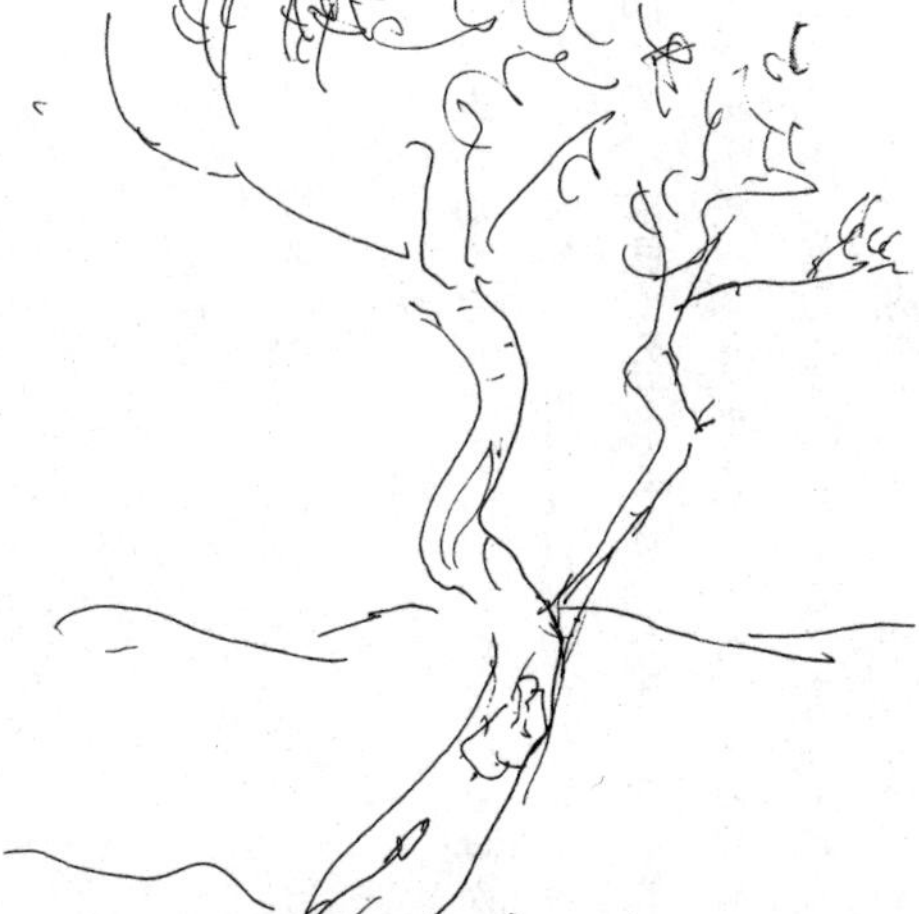

キプロスの化石

海岸近くのシーケイブに行くと、赤みがかったベージュの岩の地面に貝が埋まっていた。この場所全体が化石の浜なのだという。初めは地面に貝が張りついているなとか、ここは昨日行ったケープグレコと同じく、海底が隆起した地形なんだなと思いながら足もとを見ていた。この場所が隆起したのも約一万年前というから、それならばまた一万年経つと、今そこで見えている青い海の底も隆起して陸地になるかもしれない、大いにあり得るだろうと思う。そしてそれが案外短い期間での出来事だとも感じる。

以前ナウマンゾウについて調べていて、日本でも約四万年前まで長野県北部の野尻湖畔でナウマンゾウが生息していた事実を知ったのだが、地球は約四十五億年前からあるのだから、四万年前なんてごく近い過去だと思うようになった。ここシーケイブの貝の化石は一万年前のもので、ナウマンゾウよりさらに三万年後だから、ついこないだのものように感じる。

よく見ると足もとの岩には貝の化石はいっぱいはまっていて、這いつくばって見ていくなかに、今朝散歩に出た浜辺で拾ったものとまったく同じ貝があった。

それは貝の合わせ目、尖端の部分に特徴のある二枚貝で、貝表面の溝の流線形が美しい、淡いピンク色の貝である。朝拾った貝はまだ小さいものばかりで、化石になっているのはもっと大きく成長したものだったが、特徴が同じでまったく同じ種の貝なのだ。つまり一万年前から現在に至るまで、同じ貝がこの海では生きていることを示している。

そんなことは貝に限らず樹木や高山植物でも同じだと知識としては理解していたが、一日のなかで、一万年前の化石の貝と今生きている貝を拾って、事実として実感した。この貝は一万年という時間を軽々と超える存在なのだ。

昨日歩いたアギナパ・トレイルでは、地中海が見たことのない深々とした濃い藍色をしていて、果てには地球の丸さを想起させる水平線が見え、茫々たる海面が白波を立てながら絶え間なく動いているのを見た。

海に潮流があることはもちろん知っているし、海中に潜るとその流れがあって、しかも強力な速度が全身に感じられるのだが、今自分のいる崖上から、丸みを帯びた水平線と、そこから崖下まで至る海面を見ていると、なぜ海は動いているのだろうかと素朴な疑問が心中から湧いてくる。当然それは地球の自転活動や自然の法則に則っており、誰かが作為的に動かしているわけではない。そう思って動き続ける海面を見ていると、決してもの言わぬ自然の脅威が迫ってきて恐ろしくなり、目をそむけたくなる。

行きの飛行機では上空からアラブの砂漠地帯を見ていたが、砂漠が海面と同じように紋様を描いていて、地上からは見えないことが上空からはよく見える。と同時に人間のすることは地上の砂粒であり海の藻屑でしかないという現実がよく見える。

機内では『ゼロ・グラビティ』という映画を放映していて、物語は宇宙ステーションで働く隊員が命がけで地球に帰還するまでを描いているのだが、途中、ふたりの隊員が宇宙空間で離ればなれになってしまう衝撃のシーンがある。ひとりを生かすためにもうひとりが犠牲になり、まさに宇宙の塵となって離れていってしまうのだが、ただそれが宇宙なだけで、大きくいえば地球も宇宙の一部であって、地球上で死のうが宇宙空間で死のうが、要は同じことではないのかと思う。回りに親しい人がいるかいないかとか、お墓が残るかとか、地上にいればそういう安心感はあるかもしれないが、基本的には死ぬときは人は誰しもひとりだ。

海の藻屑でいえば、この旅の最初に行ったアフロディーテへの途上の浜で、波打ち際の白い岩の上に座ってさざなみがちゃぷんちゃぷんと音を立てるのを聞きながら、波の音はどこでも同じだなあと思って座っていたときのことを思い出す。

こうして日本を遠く離れた場所に来て、光を浴びながら白い岩の上に座っていること自体が稀有なのだが、しかし世界中には同じような場所があって同じような人間たちがどっさりいて、それぞれが懸命に生きていて、そのひとりひとりは当然価値ある存在なのだが、この自然のなかではどうしようもなく小さな塵でしかない。波がちゃぷちゃぷしているこの浅瀬でたゆたう藻屑ですらない。山でもそうだが、自然のなかにいるとふとした折にそのことを痛いほど感じる。

しかし、ふだんの暮らしではなかなかその真実に触れられない。周囲に土さえないコンクリート生活では、自然の大きな流れをわずかに感じ取ることはできても、やはりむきだしの自然のなかとではスケールは違う。

逆に自然にはもっとミクロな世界もあって、化石の浜でも花の庭でも松の林でも、ただ歩くだけでは見つけられないものもたくさんある。昨日歩いたトレイルでも、なにげなくかがんで見ると、見たこともない奇妙な形の豆の鞘が地面に散っていた。ここシーケイブの化石も這いつくばって見なければ今日の発見はなかった。そうした見た目は小さいけれども、その奥には未知なる世界が大きく広がっていて、気づきさえすればあらゆる場所であらゆる形で世界は展開している。

だからこそ旅に出て、その世界を絶えず体感し直すことが、私にとっては重要なのだ。

土産ばなし

自分土産

海外において自分への三大土産は、布、本、石である。

なかでも布はその国の伝統的な工芸品がよく、織物よりも染め物に興味がある。タイ、インド、インドネシア、スリランカ、マレーシア。行く先々で飽くなき収集は続く。

最初はインドネシアのバリ島でアンティークのバティックを夫が物色しているのにつき合っていて、突如火がついたのである。学生時代は国内旅行しかしていなかった私は、世界の国々の人々が作る品々に直接触れる機会は美術館や博物館以外になかった。それが現実を目の前にして初めて、大きく視界が開かれたのである。私の目の色は変わった。

私はその店にある布を全部見て、気に入ったものを一枚だけ買った。

その後も行った先々での布収集は続いている。服に仕立てて着るわけでもなく、家じゅうに飾るわけでもなく、ただ所有しているだけなのだが、それが手もとにあるというだけで嬉しい。ふだんは柳行李にしまってあって、時々取り出しては飾る。どれも本当にすばらしい。好きなものだけを集めているので、いつ取り出して見てもやっぱりいいなあとうっとりする。収集の速度は落ちたが、美術館のアジアの布展などに行って、さすがにここまではないなあなどと自分のコレクションと比べている自分に恐れ入る。

無論こんなに集めてどうするのだという気持ちがないわけではない。私がいなくなった後、これらはどうなるのだろうという不安がいつからかつきまとうようになった。

以前ある画家のコレクションを取材させていただいたとき、素人目にはその雑多な美術品の善し悪しが今ひとつ理解できなかったのだが、画家は「ものが増えるのはよくないという意見もあるけれど、生きているうちは好きなものに囲まれて生活する方がいいと私は思っている」ときっぱりおっしゃっていた。

私も自分の収集癖に辟易しながら、生きているうちに好きなものに囲まれて過ごすのはいいことだと、画家の言葉を思い出しては自分を励ましながら買い物を続けている。

買わない後悔

旅先で買わずに後悔したものといえば銀細工のフクロウの小函である。私は今でもそのフクロウの小函をありありと脳裏に浮かべることができる。

それはインドの銀細工店で見つけたものだった。ニューデリーの怪しげな暗い地下街にある小さな店で、明日日本に帰るという日に街を歩いていて、夕方遅くにたまたま入ったのだった。

インドは銀の加工技術が発達していて、街には銀細工の店も多数ある。私は金よりも銀が好きで、インドでもなにか小さなものが欲しいと思っていたが、これというものはなかなかなく、銀細工の店があるとのぞいていた。

その店はいわゆる高級店ではなく、貧乏旅行者の私でも買える庶民的な店であった。そうした店には腰ほどの高さのガラスケースがあって、店員と客がケース越しに座って中に入っている商品を見せてもらう。銀といえどもそれなりに高価であるから、扱いは厳重である。私たちは椅子に座って、ケースに並んだ品物を見ていった。

フクロウの小函はフクロウの小函として売っていたのではなく、楕円形の銀細工の函の蓋に、丸く削られた白い貝の真珠層が嵌め込まれたもので、そのふたつの貝がきらきらと光って、フクロウの双眼のようにみえたのである。いわゆるピルケースで、私はひとめで気に入って、ガラスケースから出してもらった。値段を見ると六百ルピー、日本円で約三千円である。

三千円か……、インドは物価が安いので三千円は大金である。今晩のホテル代よりも高いくらいである。日本でいえば三千円なんて、なにか食べたり買ったりすればすぐなくなってしまう金額だが、私はそこでひどく逡巡した。

こんな実用性のない小函に、ただ自分への土産として三千円使ってよいものだろうか？　買ったとしてもなにを入れるというのだ？　薬以外に入れられるものなどほとんどないではないか。つまりなにかを入れるために買うのではなく、見るだけのために買うものに、今の私は三千円使ってよいのだろうか？　当然値切り交渉もしたが、店主は一ルピーもまけなかった。

私は延々と悩んだ挙げ句にフクロウの小函を買うのをやめた。横で同じように三千円ねえと言っていた夫は、私が買わないと決めたのに驚いて、本当に買わなくていいの？と念押ししたが、いいと私は言った。

それからもう十五年ほど経つが、いまだに私は時々思い出しては、なんであのフクロウ買わなかったのかなあと思う。たったの三千円だったのに、バカみたい。あれが机の上にあったら、いいなあと思って毎日見ただろうに。充分実用性があったわ。でももうあの店がどこだったのかわからないし、行けたところでもうないだろうし、あのときなんで買わなかったのかなあ、と思い出すたびに私は言う。

それに懲りた夫は、旅先で私がなにかを前に買うか買うまいか悩み始めると、買いなと買いなとしきりに勧める。また私が悩むのが三千円くらいの中途半端な額のものなのだ。買いな買いな、買った方がいい、またフクロウの小函になるから、お願いだから買って下さいと横から言う。それで私は買うこともあるし、買わないこともある。でもフクロウの小函ほど買わずに後悔したものはない。

台座の石

アラブ首長国連邦最大の都市ドバイの街を一日中歩き回り、夕方水上タクシーに乗って対岸に渡り、パキスタン街のアンティーク店で出会ったのは石であった。

その店は骨董を扱う店によくある玉石混交の猥雑な雰囲気ではなく、すっきりと洗練されていてオリエンタルな空気を醸していた。いかにも欧米の旅行客が好みそうな外観でもある。それともドバイ在住の裕福な常連客相手なのだろうか。

中に入ると、肌が浅黒く知的な面差しの店主と、同じように細面の店員がカウンターの内側に座って作業していて、こちらをちらりと見ただけで手もとの仕事を続けている。

さまざまなものが整然と並んでいるが、まず最初に目を奪われたのはビルマかチベットの山岳民族から買われてきたと思われる首飾りの石である。

瑪瑙らしき金茶色の石で、どれもがピンポン玉大なのだが、磨き抜かれたそれがすばらしく美しい。石ゆえにひとつひとつ模様が違い、濃い黄土色に茶色のライン、白と黄と茶色の花のごとき模様、あるいは複雑なマーブル模様などが表出し、長年人の手でなでられ、愛でられてきたとわかるつややかな光沢があり、もったりと重く、吸いつくような手触りである。そのどれにも右から左に穴が貫通している。中央アジアの民族を撮影した写真集やあるいは国立民族学博物館の所蔵品などに見られる、各部族の老婦人が首から重そうにぶら下げている首飾りをばらしたものである。彼女たちにとって、否、一族にとっての財産であり、代々受け継がれてきた富であり、宝そのものである。相応の理由があって手放すときはそれらをばらして売ることは知っていたが、そこにある石の数を見ると、おそらく首飾りそのものを売ったのだろうと推測された。

一族の宝だけにどれも本当に美しい。まさに玉である。これがいつも手もとにあったら触って眺めて嬉しいだろうなと思う。旅の自分土産としても最高級だ。そう思うとぐらぐらと心が揺れる。素知らぬふりをして仕事を続けている浅黒い顔の店主に、これはおいくらですかと聞くと、顔だけこちらに向けて、ドル換算でひとつ三万円だという。そしてまた仕事に戻る。ひとつ一万円ならいざしらず、三万円とは……。

しかしこんな宝を首飾りごと売るなんて、一族にいったいなにがあったのだろうかと思ってしまう。よほどの金額を積まれたのだろうか。それとも紛争で一族離散などの悲しい出来事があったのだろうか。しかもこれらの石はずっと革紐かなにかでつながっていたのに、ここでこうしてばらされて売られてしまうとかわいそうな気がしてしまう。いや、それでもこの宝を売ることで一族は救われたのかもしれないし、もはや持ち主の手を遠く離れておそらく何人もの手を経て異国に売られてしまったのだから、そんな感傷は無用だとも思うが、それでも自分が率先してそれをしなくてもいいだろう。

しかしこの瑪瑙ひとつとっても、この店に置いてある品々は正真正銘の本物だということが一目瞭然だった。とにかくそのものの放つ力がふつうでないのである。その得もいわれぬ気配は、瑪瑙の横に置かれたガラスケースからさらに濃厚に漂ってきていて、これは見てはいけないと、先ほどから思っていたのであった。

そうしてつい見てしまう。見るとケースの中は二段になっていて、小さなものがきっちりと並んでいる。それらは石や土や銅などで作られた、明らかにどこかの遺跡の出土品で、本来ならば相応の博物館で陳列されていてもおかしくないクオリティの品々であった。品々には小さく「B.C.一二〇〇」などと年代まで書いた紙が添えられている。そうした文化財がなぜこの中東の都市ドバイの片隅のアンティーク店に並んでいるかは定かでないが、さまざまな過去とルートがあるのだろう。とにかくそのものの発するオーラが本物である。

息詰まるようなそれらのなかで、見たときから私を呼んでいるものがあった。それはつやのある小さな黒い石で、前面はゆるく半円を描いて削られ、背面はすっぱりと垂直で、前面にも背面にもシンプルだが優美な模様が彫られている。上下は平らで自立するようになっており、上部には小さなへこみがつけられていた。その黒い石が私を呼んでいるのである。

店主に言って、ケースから出してもらって持ってみる。その持った感じ、掌にすっぽり納まる大きさといい重さといい、しっとりとなじむ感じといい、存在そのものがよい。心が奪われる。

これはなんでしょうかとこわごわ聞くと、仏様の台座だという。なんと、そうか、この上部のへこみは仏様が鎮座していた場所だったのか。仏像の方はすでに散逸してしまったのだろうが、このくぼみにはまだ仏様が座っておられる感じがありありとする。

これは……いったい……いかほどでしょうか。再びドル換算で提示された額は二十万円であった。

夫は先ほどから黙りこくって別のケースの前に張りついてはがれない。そうしてついに目当ての品を出してもらい、手に持ってためつすがめつした。それから値段を聞き、しばらく見てからまた店主の手に返し、ケースに戻されたのをまだなおしばらく見つめた後、そこを離れた。

「お金貸そうか」

「いや、もっとお金持ちになったら買いに来る」

「その頃にはもうないかもよ」

「そのときはいい人に買ってもらったと思って諦める」

私たちは悄然と店を出た。

ああ、あの台座が家のどこかにあって毎日それを見ることができたなら、どんなにか幸せだろうなと今でも思う。しかし人には分相応というものがある。分を越えてはいけない。あの台座は夫の言うように、自分よりももっとふさわしい人のところに行くのがよいのだ。

それに今でもあの台座の石を思うと、すぐにあの質感とか、重みとか、醸す空気とか、中央のへこみ具合をありありと思い出せるではないか。あの台座はもうすでに私の心のなかにあるではないか。ああ、でもあの台座が家のどこかにあって毎日それを見ることができたなら……。

ハンカチ四題

フィリピンのバナナのハンカチ

三泊四日のダイビングツアーで行ったフィリピンのセブ島では、ツアー会社で決められたホテルに送り込まれたまま、自由に町へ行くこともままならず、その代わり食事も買い物もすべてホテル内でまかなえるようになっていた。朝から夕方までダイビング漬けなので、町へ行く暇もないといえばないのだが、ホテルの土産物店は割増料金の上退屈で、ついに三日目の夕方、空港からの送迎バスに便乗して町への脱出に成功した。

ホテルからいちばん近いその町は日本でいうと私鉄沿線の駅前ほどの大きさで、市場があり、ショッピングセンターがあり、フードコートがあり、週末だったこともあって、地元の人たちが家族連れでくつろぎ、楽しんでいた。そこに外国人の姿はまったくない。

ダイビングで有名な島だが、海外からやってきたダイバーたちは皆、私と同じようにツアーで来て、気の済むまで海に潜って、町になど出ることなく帰っていくと思われた。したがって土産物を扱う店などもなく、私はうろうろと歩き回り、地元の人向けの贈答品を扱うギフトショップを発見して入った。

そこにはお菓子や洋服などに混じって民芸品が少し置いてあり、なかにバナナ（バショウ）の繊維で作られたハンカチがあった。茶色がかった薄い生地の小さなハンカチで、縁を茶色い糸でかがってあり、右隅には花模様の刺繍が施してあった。一枚一枚箱入りで高級ハンカチの部類だろう。指先で触るとごわごわとして、あまり水分を吸いそうにない生地で、綿のやわらかいハンカチに慣れた身には使い勝手が悪そうに思われたが、バナナの繊維でできたハンカチなど初めて見たし、模様違いで何枚か購入した。

それから二十年近く経ってもバナナのハンカチは現役である。使い始めの、折り目もつかないようなパキパキした繊維の感触は次第になくなったが、そのぶんくったりとやわらかく、使いやすくなった。バナナの繊維とはときが経つとこういうふうになるのだなと思う。なによりもこのハンカチを使うたび、これはバナナのハンカチだよと思い、セブの旅を思い出すのがいい。茶色い縁取りが少しほどけ、生地の一部が破けたりしているが、これからも私のポケットに納まり、行動をともにしてくれるのだろう。

クレタの刺繍ハンカチ

地中海に浮かぶギリシャのクレタ島にも大陸とは違った文化が細々と残っている。島の山あいの小さな町スピリで出会ったクレタ刺繍も、この島で独自に発展した、色とりどりの糸を使った不思議な模様の刺繍だった。

町で一軒の土産物店の店主は私よりも少しお姉さんと思われる女の人で、気さくで親切な人だった。私たちが日本人だと知ると、私の祖父と父は日本を旅行したことがあって、お土産の人形がすばらしかったのと言い、より親しみが増したのか、店じゅうの棚に重ねられ、天井から吊り下げられ、壁に飾られたクロス類を、ひとつひとつ丁寧に説明してくれる。古代ギリシャから連綿と続いているのだろうか、迷路のような謎解きのような規則的な文様が示す意味を考えながら見ていくのは楽しかった。

私がいちいち悩んで時間がかかるので、女主人はちょっと奥に引っ込んで、これ食べてと、小皿にクッキーを載せて出してくれた。ひねっただけの、粉の味のするほろほろしたクッキーで、島じゅうの菓子店で見かけていたものだ。簡単なので家庭でもふつうに作るという。家で焼いたクッキーの味だなあと思う。

立っている足がだるくなるくらい長い時間が経って、夕方の下校時間になったのか、眼鏡をかけた小学生くらいの息子が帰ってきた。母親の後ろから私たちがすることをもの珍しそうに見ている。そしてついに私が選び終わり、大枚をはたいているのを見て、そんなに買うの、という顔をしている。毎日見ている君にはわからないかもしれないが、この刺繡はとても貴重なものなのだよ。クレタ島以外ではお目にかかれないんだ。

あの子は私たちが去った後、お母さんの手作りクッキーを食べながら、今日はたくさん売れてよかったねなどと、後片付けをしている母に向かって言うのだろう。

キプロスの縁取りハンカチ

キプロスはレフカラレースで有名な国だが、レフカラレースをあしらったものはテーブルクロスやベッドリネン類に多く、当然高価で、ハンカチのような小さなものはあまりない。レフカラの町に行って大物は手に入れたが、どこか物足りなさが残った私は、キプロス島全土の手工芸品の研究機関であるハンドクラフトサービスセンターにも立ち寄ってみることにした。

ショップには布、陶器、木工品など、キプロスじゅうの手工芸品が一堂に集まっている。私は気合いを入れて端から見ていった。主に購入対象となるのはやはり布類だが、立派な織物や刺繍製品のなかに、気軽に使えるハンカチがないか探していった。

棚の下の隅にやっと見つけたハンカチは生地自体が生成りのシルクで、同色の糸で細かい縁取りがぐるりと施されている。それがとても繊細で美しい。四辺のひとつにはさらに手の込んだ刺繍飾りがついている。縁取りのステッチはどれも同じだが、刺繍する人によって上手下手があるようで、どれひとつとっても微妙にレースが違う。

作り手には生活の糧を生み出す目的はもちろんあるだろうが、自身の手から新たに美しいものを生み出す楽しみがあって作っているだろう。手工芸品を買う楽しさとは、そうした人の手で作られたものだからこその細部に宿っているのであって、熟練の技で美しい仕上がりのものもすばらしいと思うし、技術的には今ひとつでも一生懸命作ってあるものにはまた違うよさがある。私はそこにあったハンカチをすべて見て、気に入ったものを何枚か買った。

一枚ずつ丁寧にセロファンで四角く包み、細いリボンをかけてあるのも好ましい。姉にも一枚あげようと思うのだが、どれがいいかな、どれもいいしなと思い思いして、いまだに渡せていない。

ポルトガルのマデイラ刺繍のハンカチ

ポルトガルでは、最初からマデイラ島の刺繍のハンカチを買うと決めていた。マデイラ刺繍はマデイラ島でのみ作られる伝統手工芸で、生成りのリネンに茶色の糸でかがられた大ぶりな花の刺繍が代表的だが、それよりも私は野に咲く忘れな草そっくりの小花模様が好きで、ぜひポルトガルで買いたいと思っていた。

日中はフィールドに出ていたが、夕刻、南ポルトガルの中核都市ラーゴスに戻り、旧市街でハンカチ買いツアーを決行する。しかし観光客相手の有名店は、品数こそ多けれど良品は少なく、いかにも土産物ふうで、自分の趣味にも合わない。だのにたいそうなお値段なのである。おまけに店員の感じの悪さは特筆もので、買う気がみるみるしぼむ。私が買いたいのはちょっとした手刺繍が施された、自分用のハンカチなのだ。

有名店はそこそこに出て、ウインドウにハンカチが飾ってある店をのぞきのぞき歩くが、全体に小暗い町で、時間も遅くなって店はだいぶ閉まりかけている。半分諦めかけたとき、突き当たりの五差路に小さな店がまだあかりをつけているのが見えた。

ここで最後でいいかと入ってみると、背が高く鼻も高い大柄な中年の女主人がひとり立っていた。挨拶をして、端から全部見ていく私の行動を見て、女主人は、この東洋人はマデイラ刺繍に興味があるのだなと理解したらしく、マデイラ刺繍に使用する糸はこんなに細いのだと、糸を出してきて見せてくれる。マデイラ刺繡にはこんなに厚みがあるのだと、布を横にして示す。そしてマデイラ刺繡は生地の裏の針の動きが大切なのだと、布の裏を見せて指で追う。

彼女は私がこれはどうだろうと見せるクロスの裏を見て、「ハンドメイド」、「ノットマティーン」などと一刀両断する。マデイラ刺繡でないもの、ポルトガル製でないものに対しては「ノット、ノット、ポルチュガル」とかぶりを振る。彼女の発音だとポルトガルはポルチュガルと聞こえる。それが本当のところだろう。私が三枚のマデイラ刺繡で悩んで、あなたはどれがいいと思うと尋ねると、私が好きなのはこれだと、さっと指さす。自国の工芸品に対する自信と愛に満ちた態度は小気味よいほどだ。

女主人の店は陳列のセンスもよく、彼女の好みを反映して集められたと思われる商品はさほど多くないが、一点一点丁寧に飾られ、ハンカチなどはフェルト地で作った三角錐をツリーに見立て、色とりどりのハンカチを三角に折って虫ピンで留めてカウンターに置いてある。

さらに私が気に入ったのは、繊細な刺繡もさることながらハンカチのその生地で、きめ細かくなめらかなコットンは触れると品質の高さがよくわかる。発色も美しく、日本のハンカチではまず見たことのないビビッドな色をしている。ふだんハンカチは白しか使わないのだが、私はそのあざやかな色にいとも簡単に陥落して、ブラッドオレンジとグリーンとイエローの三枚を買った。さらにマデイラ刺繍を三枚（結局迷ったもの全部買った）とポルチュガル刺繍を二枚、南ポルチュガルのレース編みを一枚買った。

おばさんは私の大量買いにも顔色ひとつ変えず、すべてをきれいに畳み、袋に入れ、勘定をし、「オブリガード（ありがとう）」と言って私に持たせ、すでに暗くなっていた外へ送り出した。

他の店で買ったマデイラ刺繍のハンカチはよく使うし、小さな花瓶敷きなどは人にあげてしまったが、なんとなく三色のハンカチだけは使えず、今も箪笥にしまって時々取り出しては眺め、その風合いを触って楽しむだけにしている。

インドのおじさん

蚊の青年

西インドのサタラにバスが着いたのは、夕方の帰宅ラッシュの時間帯だった。

そこは幹線道路が交差する大きな交差点で、家路につく人々の車とバイクとバスがもうもうたる排気ガスと土埃を上げて大量に走っていた。

その日は朝から大変だったのだ。当初はムンバイから電車でサタラに向かうつもりだったのだが、ホテルのフロントで、電車は本数が少なく、バスの方が圧倒的に便利で速い、その日じゅうにサタラに着くと言われ、急遽バスで向かうことにしたのだった。

しかし教わったとおりにムンバイを朝早くに出て、乗り継ぎのプーネまで行くことは簡単にできたが、昼近くにバスが着いたのは街はずれの降車場で、サタラ行きのバスにはすぐに乗り継げない。とりあえずそこに停まっていたミニバスで街の中心部に移動し、サタラ行きのバスチケットを買い、乗り場を探して右往左往することになった。

まず街の中心にある駅周辺で現地の旅行代理店を見つけ、バスチケットを購入する。これでなんとか今日中にサタラに行けそうである。しかし代理店によるとサタラ行きのバス乗り場は中心部から離れた場所にあり、リキシャで三十分の距離だという。予約したバスの時間を見るとまったく余裕がない。

慌ててリキシャに飛び乗って向かうと、そこは壊れかけたあずまやが建つ、バス乗り場とも思えないようなただの空き地で、おんぼろバスが一台停まっていて、人だけはどっさりいた。急いで停まっていたバスに乗り込んでひと息ついたのも束の間、発車寸前になって行き先が違うことが判明し、再び荷物を背負って飛び降り、あずまやでニワトリとヒヨコの籠を置いたおじさんの横に座って、地面に直置きされたヒンズー教の神様の絵（たぶん祠のつもりだろう）を見ながら随分待って、やっと来たバスに乗り込んだ。

車掌に何度も確認したので乗ったバスがサタラに行くことは確実なのだが、二時間で行くはずが三時間経っても着かない。夕方近くなって不安が増大し始めた頃にようやく車掌がここで降りろと教えてくれたのが、この喧噪の交差点だった。

おそらくどこの街も車の渋滞がひどく、バスが街の中心部に入るのには時間がかかるため、長距離バスの停留所は市街地を離れた幹線道路上に置かれているものと思われた。

それで街にはどうやって行くのかな、歩ける距離かなと、夫が手にした地図を見るが、グーグルマップを印刷したその地図が、もうすでにあたりが薄暗い上、印刷が薄くてほとんどなにも見えない。しかも印刷した地図の範囲外に私たちはいるらしく、愕然とする。その頃は海外で手軽に安価にスマホ地図を使うこともかなわず、サタラは欧米人向けのガイドブックにもまったく記載のない街で、ネットでも情報なんて全然出てこないんだよと、夫がぷりぷりして言う。

夕闇が迫ってきて、あたりはどんどん暗くなっていく。私たちのすぐ脇をびいびいぶうぶう車やトラックやバイクやバスが走り抜けていく。幸い今日の宿だけは予約してあるので、とにかくリキシャでホテルまで行くしかないと、バス停近くで客待ちしていたリキシャに声をかけるが、こちらの足もとを見ているのか、とんでもない額をふっかけてくる。それでもとにかくメーターで走れと交渉しているときにすーっと近づいてきたのが、バイクに乗った青年だった。

彼は人のよい笑顔で英語を話し、私たちがどこに行きたいかを聞いて、リキシャの運転手に通訳してくれる。そして、運転手は私たちのホテルがどこかわからないようだから、僕が先導してあげましょうと言う。

日本人旅行者の間では、一般にインド人は人を騙したり陥れたり、お金を巻き上げたりするという悪い噂だけがひとり歩きしているが、私たちはインドでも観光地ではないところばかり訪れていたせいか、そういう目に遭うこともなく、むしろなにかと助けてもらったりしてきたので、インド人に対して特に猜疑心もなく、好印象をもって旅していた。

それでもこの男はなにやら怪しげだなと思う。勝手に案内を買って出て、後でお金をせしめるパターンではないのか。だがしかし今のこの状況ではいたしかたない。とりあえずリキシャに乗り込むが、運転手はあくまでメーターを倒さずに走り出そうとするので、私たちは腹を立ててリキシャを降り、交差点まで戻って別のリキシャを拾うことにした。バイクの青年はそんな私たちを見て、これはカモにならないと思ったのか、走り去っていった。

ところが私たちが交差点でリキシャを探していると、青年が今度はリキシャを伴って再びやってきた。そして、このリキシャに乗れ、値段交渉もしてあると言って私たちを乗せようとする。この人本当に大丈夫かな、このリキシャもグルなんじゃないのか、まあ彼のバイクの後ろに乗るわけではないし、怪しいところに連れて行かれそうになったら運転手を脅して戻るしかない、などと私たちは相談してリキシャに乗り込んだ。

バイクの彼は私たちが乗り込むときに運転手に向かって、「Japanese, honesty!」と声をかけている。そのようすからして彼らはグルでないのだろうか。私たちにしてみれば「Indian, honesty!」の心境である。彼のバイクは混雑している道路をリキシャの前になり後ろになりついてくる。彼は茶色に白のラインのセーターを着ていて、ぱっちりした大きな目をしている。

道は幹線道路を離れ、町に入り、少しくねくねした後、無事私たちが予約していたホテルに着いた。ほっとしてリキシャを降りると彼もバイクを降りて一緒にフロントについてくる。

あれれ、もうここでいいよと思うが、彼は部屋を見せてくれと頼んだ私たちについて部屋までやってくる。日本から予約しておいたのだが、安ホテルだけあってお世辞にもいい部屋とはいいがたい。すでに疲労困憊していた私たちがありありと失望の表情を浮かべているのを見て、彼は、もっと安くていいホテルを紹介してあげようかと心配そうに言ってくれるが、そんなことを言って、いよいよ怪しいではないか。さては知り合いのホテルに連れていって、マージンをせしめようという魂胆なのではないか。私たちはどこまでも疑心暗鬼になって、いやここでいい、ここにしますと夫が強硬に言う。

改めてチェックインをしていると、彼はこまめに通訳してくれて、スムーズにことが運ぶように心を配ってくれた。しかし朝から緊張のため神経をすり減らしていた私たちは彼に対して猜疑心を解くことができない。ずっとここにいるってことはさ、やっぱりガイド料をよこせってことかなとひそひそ話をする。そんな話をしながらソファにぐったりと座っている私たちに、彼は明日からどこに行くんだいと聞いてくる。そら来なさった、僕がガイドしてあげようと言い出すんじゃないのかと私たちは身構える。夫が西ガーツ山脈のプラトーに行くと言うと、花がたくさんあって、とても美しいところだと話す。そしてタクシーを使うならホテルに予約してもらった方がよいと忠告してくれる。ホテルの玄関は開け放してあり、そこから私たちのいるロビーまで、涼しい夜風が入ってくる。風とともに蚊も入ってくるようである。たちまち足首がかゆくなってきてぽりぽり掻く。私はかゆみに弱いのだ。まったく弱り目にたたり目である。夫は私の周囲でふらふらと飛ぶ蚊をめざとく見つけ、ばんとやっつけ、蚊の張りついた掌を自慢げに私に向けていると、彼が急いでやってきて、無駄な殺生をしてはだめだ、蚊はこうやって、と言って、私の足もとをゆるやかに手で払うしぐさをし、追い払うだけにしなさいと諭される。そしてフロントマンになにか言い、出てきた蚊取り線香をソファのそばに置いてくれた。私たちはあっけにとられ、彼の顔をまじまじと見つめた。夫は、自分がしとめた蚊を私に見せているときに、彼が恐怖の表情を浮かべたと言う。

タクシーのことも聞いてあげましょうかと彼は言うが、私たちは明朝決めるから大丈夫ですと言う。彼は他にもなにか僕にできることはありますかと聞いて、いいえ大丈夫です、本当にどうもありがとうとお礼を言うと、彼は胸に手を当てて、「こんなに遠くまで、僕の国を訪ねてきてくれたんですから」と笑顔で言う。私たちも慌てて返礼する。

最後になって名前を聞くと、カイラスだと名乗った。

どうやらカイラスはただ困っている日本人に親切にしたかっただけらしい。いったいなんの目的でついてくるのだろう、どうせお金だろうと決めつけていたが、そう考える私たちの方がよっぽど貧困なる精神の持ち主であった。なんというすばらしきインド人。それにひきかえ愚かな自分が恥ずかしい。

カイラスになにかお礼をしたいと思った瞬間、彼はさっと身を翻し、あっという間にバイクに乗って去っていってしまった。

サモサのおじさん

翌朝は五時半に目が覚めた。ムンバイでは朝五時頃アザーンが流れたが、サタラでは流れない。イスラム教徒よりヒンズー教徒が多いようだ。五時半は薄暗く、まだ夜明け前だったが、五時五十分くらいから明るくなり、六時を過ぎると急に朝になった。ちょうど六時頃、アカショウビンのような、ものさびしい鳥の声がさかんに聞こえる。六時を過ぎるともう掃除の人が廊下を掃いている。七時には往来に車が走って、鳥もいろいろなのが鳴いている。

部屋でお湯を沸かしてコーヒーを飲んだ後、サタラの街を散歩する。街を知るには歩くのがいちばんだ。

ホテルを出て、昨日の晩カイラスに先導されて来た道を戻ってみる。ゆるくカーブした車通りのある道はすぐにまっすぐになって、歩道にはぽつんぽつんと屋台が出ている。屋台には車がついていて、どこからか引いてやってくるようだ。毎日同じところに店を出して、通勤途中の人や馴染みの客が買ったり食べたりしていくのだろう。朝ごはんになにかいいのがあるかなと思って見ながら行くと、サモサを揚げている屋台があった。

揚げものをしているおじさんは小柄でポロシャツを着て、人のよさそうな顔をしている。私たちを見て、あ、外国人だ、と困った表情がさっとよぎったが、「サモサ?」と聞くと、「そうだ!」と言って、にこにこしてくれる。

もう揚げて置いてあるサモサの種類はたくさんあったので、これとこれとこれ、と指さしていくつか買ってみる。やたらと大きいサモサもある。あれにはジャガイモが丸ごと入っているんじゃないかなどと推測しながら買う。するとおじさんはサモサを包む新聞紙の隅に15、15、8とペンで数字を書いて、値段を教えてくれる。

そしてそれらのサモサを、値段を書いた新聞紙に置いたと同時にくるんで、細い凧糸をくるくるっとかけて包みにした。その一連の動作が目にも止まらぬ早業で、しかもしっかりとくるまれている。おじさんの早業は長年その動作を繰り返してきた人のそれで、おじさんにしかできないみごとな技、みごとな包みであった。三十八ルピーだというので、四十ルピー払うと、おつりの二ルピーをコーヒー味のキャンディで返してくれた。

ほかほかする包みを抱えて部屋に帰る。開けるとサモサがたっぷり入っていて、パンと唐辛子とケチャップがついていた。サタラのサモサはこうして食べるものらしい。おじさんのサモサはどれも思ったよりも薄味でほくほくしてとてもおいしかったので、翌日も散歩の途中で行くと、おじさんは大喜びしてくれた。

ここでも食べられるそうなので、屋台の隅の椅子に座ってプラスチックのお皿に小さめのサモサを出してもらう。お客が途切れる時間らしく、おじさんはサモサを作りながら、自分を指さして「アゴラ（僕はアゴラ出身だ）」とか、私たちを見て「ジャパニーズ、フレンド（日本人は友だちだ）」とか、「トゥワイス、サンキュー（二回も来てくれてありがとう）」とか片言で言う。言いたいことはそれだけで充分伝わってくる。

そう話しながら、おじさんの手は休まるときがない。サモサを作っては揚げ、時折訪れるお客の注文をさばいている。道路脇のおじさんの店の隅に座って（それはおじさんが休憩するときに座る椅子と思われた）サモサを食べながらおじさんの動きを見ていると落ち着く。それは幼い頃、台所の隅で、料理している母の背中を見ながら、冷蔵庫にもたれて座っていたときに感じていた安心感に似ている。自分がそこに座っていても邪魔に思ったりしない。わかっていて好きにさせておいてくれる。気の済むまでそこに座っていていい。

サタラを離れる朝、車はちょうどおじさんの店の前を通った。店からは離れた車線で、間には通勤の車がひしめいていたのだが、窓を開けて、おじさーんと叫んで手を振ると、おじさんはすぐに気がついて笑顔で手を上げて、インド流に、うんうん、わかっているよというふうに、首をゆらゆらと横に振ってくれた。

運転手のマヘジ

ホテルで頼んだタクシーは朝の八時半に来るはずだったが、来たのは九時過ぎだった。浅黒く、目の大きい典型的なインド人顔のおじさんで、名はマヘジという。眉間に赤いティカをつけたヒンズー教徒である。この人はいい人かなどうかな、と言いながら車に乗り込んで、西ガーツ山脈のカースプラトーに上がった。

カースプラトーは世界自然遺産にもなっている、上部が平らな台地になったテーブルマウンテンで、一億二千万年前にゴンドワナ大陸が分離し、現在の大陸の原型に形成されたときの植生をいまだに遺しているという、世界的にも稀有な地域である。今回はそのゴンドワナ時代の生き残りの植物を見にきたのである。

車が標高を上げていくと、周囲が開けて、前方にいくつもテーブルマウンテンが見えてきた。眼下にはサタラの街が小さく見えている。遠くに霞んで見える街のようすがどこか幻想的である。

一時間ほどで上がり切ったプラトーは、休日だったこともあり、路上駐車の列が延々と連なっていて、現地の人たちにとっても名所であるらしかった。

プラトーは広大で、歩くだけで数時間かかる。太陽光をさえぎるものはなにひとつなく、見たこともない花々が地面を覆うようにして咲いている。いずれもこのテーブルマウンテン上にしか存在しない花々である。這いつくばるようにして生えている小さな花が多いのだが、その小さな花々の花姿がいい。

花々を撮影しながら四時間近く歩き回り、へとへとに疲れてマヘジに電話をすると、しばらくして迎えに来てくれた。長い間路上で待たされていたのにマヘジは嫌な顔ひとつせず、またゆっくりと街まで下りてきた。

私たちは昨日の蚊の青年カイラスと別れたホテルがやはり気に入らず、マヘジの車で別のホテルを見に行くが、なかなかいい宿に行き当たらない。マヘジは落胆している私たちを見て、それなら僕の知り合いのホテルに行こうと連れていってくれた。

そのホテルは窓から木々の梢が見える、英国ふうの明るい清潔なコテージで、ひとめで気に入る。マヘジは部屋を見せてもらって戻ってきた私たちの顔を見て、満足そうに笑い、謹厳な顔をしたオーナーに、彼らは日本人だと説明して交渉してくれる。

私たちはマヘジにお礼を言って日当を払い、また頼んでもいいか聞くと、彼はもちろんだと言って名刺を置いていった。その後をチップを渡し忘れた夫が走って追っていくと、振り向いたマヘジは、いらないいらないと断っている。チップがいらないなんて、どこまで人がいいのだろうか。夫は少しだからと渡し、マヘジは笑って手を振って階段を下りていった。


それから数日サタラの街に滞在している間、私たちはマヘジに頼んで、再びカースプラトーや滝などに連れて行ってもらった。彼は運転手であってガイドではないし、お互い英語も堪能ではないので最低限の意思疎通ができるだけだったが、二度目からは目的地に着くと彼も車を降りて一緒に歩くようになった。

あるときスマホの画面を見せるので、のぞくとシヴァ神像が写っていて、マヘジとはシヴァ神の別の呼び名なのだという。最初に会ったときに彼は自分の名前について教えてくれたのだが、私たちがよく飲み込めずにいたので、再度説明してくれたのだ。日本でいえばヤマトタケルとかスサノオノミコトと名づけるようなもので、そんな大それた名前を我が子につけるインドの慣習にも驚くが、マヘジマヘジと気安く呼んでいたのも、神様を呼び捨てにするようなものだったと知って、私たちが手を合わせてマヘジを拝むと、えへへと笑っている。

マヘジは夫が植物写真家と知ってからは、たとえば道に咲いているホウセンカの葉をちぎって手にこすりつけ、これとクリームを混ぜると色がつくとか、道沿いに実っているスグリに似た実を枝ごとぼきっと折って、この実を食べてから水を飲むとすっとするなどと教えてくれる。それはマヘジだけでなく多くのインド人が自然と覚えていく知識で、日本でいえばケガをしたらヨモギを揉んで傷口に貼るといった類の、植物を使った民間療法なのだろう。それらはその国に生まれ育った人からでないと教われない、生きた知識であった。

マヘジは手折ったスグリを、一緒に暮らしている甥や姪へのお土産にと車のトランクに入れていた。

数日後プーネに戻る私たちは、サタラからプーネの間のあの難易度の高いバスに懲りて、帰路はプーネまでマヘジに直接送ってもらうことにした。

プーネに戻る日、マヘジは珍しく前日と同じ服で登場した。それはおしゃれな刺繍を施した白いシャツで、前日その白シャツを着て颯爽とやってきたマヘジを見て、今日は仕事の後、デートなんじゃないかと噂していたのだ。昨日は楽しかった？　と聞くと、昨日の晩はプーネに友人を送って今朝戻ってきたと言葉少なで、心なしか青い顔をしている。私たちを送ってまたしてもプーネ往復は気の毒だと思うが、しかたない。

マヘジは私たちを乗せて少し走った後、朝ごはんを食べてくると屋台に行き、私たちは別の店に行ったのだが、戻ってくるとマヘジがポリスとなにやら悶着している。どうやら駐車違反で切符を切られたらしく、エクスペンシブブレックファストと嘆いている。そして眠気覚ましなのか珍しくラジオをかけて運転し、高速にのって二時間ほど経った頃サービスエリアに入った。すると今度はお手洗いに行ったまま帰ってこない。どうも今日はマヘジにとって踏んだり蹴ったりの日のようだ。

けれども復活した後は私たちにお茶をおごってくれ、ふんふんと鼻歌を歌っている。私が隣のおじさんの食べているものをじろじろ見ていると、あれはドーサで小さいのはパコダといって、食べたいか？　買おうか？　と聞いてくれたりもした。

午後になってようやくプーネに入り、喧噪のなかホテル探しにつき合わせて時間を浪費してしまい、十四時過ぎにようやく彼を解放できた。

ホテルの前で、最後に今日の日当を払おうとマヘジと向き合ったとき、夫がありがとうと言い、彼がインドに来るときはまた電話して、と言った顔を見たとたん、急に涙が出そうになる。夫が目の前で一枚一枚お札を数えて渡すという現実的な動作をするのを見ていなかったら、私は涙をとてもこらえられなかっただろう。

私は、よくしてくれてありがとう、気をつけてねと言うのが精一杯であった。マヘジは笑って手を上げて去っていった。

子煩悩なオーナー

運転手のマヘジに紹介してもらったホテルは部屋数の限られた小さなホテルで、騒がしい隣室の客が出発した後はとても静かで、朝から人が箒で外を掃いている音がして、庭にはジャカランダが立ち、それが窓から見えて、茂みからは鳥の声も聞こえる快適な宿だった。部屋を出て白いコンクリートの階段を下りて廊下を回ってフロントに出ると、いつもオーナーが座っている。オーナーは四角い顔に四角い眼鏡をかけた、いかめしい顔つきの六十がらみのおじさんで、チェックインのときも、外出時に鍵を預けるときも、口を真一文字につぐみ、ほとんど笑顔を見せなかった。

ただチェックインのときに、私たちのパスポートを見て日本人か確かめたときに、少しだけ表情がゆるんだのを私は見逃さなかった。インドでは私の知るかぎり、日本人に好意的な人が多く、ことに西インドの一地方都市のサタラでは街を歩いていると、校庭にいた小学生が喜んで駆け寄ってきたり、歩道の向こう側から歓声とともに女子高生が手を振っていたりもする。なぜこんなに人気があるのかわからないが、私たちはすっかり気をよくして、一緒に写真を撮ってほしいと頼まれると気前よくそれに応じていた。もちろんホテルのオーナーは一緒に写真を撮ろうなどとは言わなかったが、私たちを悪いようには思っていないことは伝わってきた。

ある朝、車を頼んだマヘジが約束の時間になっても現れない。しかたなくフロントで電話をしてもらうと、電話口の向こうでなにやら叫んでいるようすで、電話を切った後、オーナーはにこりともせずに少々お待ちをとだけ言った。どうやら朝の大渋滞に巻き込まれたらしい。

私たちがそこで立ったまま、手持ちぶさたに待っていると、突然オーナーが、私の息子は日本の東京大学に留学していると言った。えっ東大ですか、それは優秀な息子さんですね、日本でいちばん難しい大学ですよと言うと、まんざらでもないようすである。

インドのサタラから東大に留学するのだから、大したものである。

私たちの褒め言葉に気をよくしたのか、オーナーはパソコンを操作して、これが息子から来た写真だと見せてくれる。そこに写っていたのはチョンマゲのカツラをかぶって着物を羽織ったインド人で、彼の息子は仲間と連れだって日光江戸村に行ったらしい。インド人留学生もやっぱりこういう日本情緒好きなんだねえと笑っていると、オーナーもちょっとおかしそうな顔をする。それから下宿の住所もなぜか教えてくれる。私たちにようすを見に行けということだろうか。それとも日本人に渡しておけばなにかの折に心強いと思うのだろうか。住所は都心で、仕送りが大変だろうなと思う。

写真を見せてもらってからは、オーナーの態度も少し軟化したように思える。しかしもうひとつ、私が内心オーナーに親近感を覚えるのは、そのしぐさによってであった。

インドではイエスを示す動作は、首を縦に振るのではなく横に振るのが特徴で、日本とは反対なので初めは混乱するのだが、インド人の彼らがイエスの印にゆらゆらと首を横に振るしぐさには、なんともいえずかわいげがある。

ことにオーナーのような謹厳居士が、無言でにこりともせずに首をゆらゆらとさせるようすには、どことなくおかしみがある。彼らは大真面目に、そうだ、よろしいという意味で首を振っているのだが、私には困って小首を傾げている動作にもみえてしまう。

オーナーだけでなく、運転手のマヘジもサモサ売りのおじさんもそれぞれに振り方に癖があって、マヘジはゆらゆらっと首振り人形のように揺れて愛嬌がある。オーナーは振るというよりも几帳面にこくこくっと傾ける。

その動作を真似しよう、身につけようと思ってもなかなかできない。そしてつい、縦にうんうんと頷いて、怪訝な顔をされてしまう。彼らはうんと幼い頃から首を振ってきているのだから、体に染みついている動作なのだ。そんなとき、人間とは生まれたときからさほど変わらずに一生いるのではないかと思う。私はおじさんたちが自分流に首をゆらゆらさせるのを、いつも小さな男の子を見るような気持ちで眺めていた。

チェックアウトの朝、オーナーは大真面目な顔を崩さずに「どうぞ」と言って、インド流の派手な赤と緑のぴかぴかする包装紙に包まれた小箱をくれた。なんだろうと思ってマヘジの車に乗ってから開けてみると、五枚組のコースターが入っていた。遠い日本にいる息子のことが心配でたまらないのだなと思った。

夢幻の祭り

そのお祭りを最初は外から眺めていたのであった。サタラの街で、夕方市場に行ったり買い物をしたりしているうちに日が暮れて夜になって雨も降り出して、もう宿に帰ろうと歩いていた通りの一角で、明るい光が濡れた歩道までもれていて、にぎやかな音が流れ出していた。

近づいてみると、白い幕の張られた特設会場の中央に大きな女神像が飾られている。女神様は木や金銅で造られた古来の像ではなく、現代ふうなお顔のお人形のようなはりぼての神様で、頭には金色の王冠をかぶり、花飾りを首から幾重にも垂らし、きらびやかに着飾って、千手観音のごとく伸びた手には剣や神具を持って、ライオンの背に横座りに座っている。ライオンはといえば目の前の魔神に向けて（これもはりぼてである）、牙を剥いて威嚇している。勇ましい女神様である。女神様の足もとにはシャツの袖を腕まくりした人間の男たちが四、五人座っており、お参りしている人の多くは女の人で、場内は大混雑している。黒髪をまとめ、黄や青や紅などの色とりどりのサリーが夜のあかりにきらめいている。女の人たちはお盆や葉の上に、ヤシの実やバナナや穀物らしきやマリーゴールドの花などをのせてやってきて、男たちにそれを手渡し、熱心にお参りをしている。会場の周辺には供物を売る露店もたくさん出ている。

そのようすを遠巻きに眺めていると、女神様の足もとにいた男のひとりが私たちに向かって手招きした。ヒンズー教徒ではないけれども、お参りするだけなら許されるだろうと近づくと、他の人と同じように靴をぬいで入れと言う。地面はすでに雨でぐしょ濡れで、あっという間に足はどろんこである。場内では僧侶が外を向いてマイクでお経を唱えており、その手前ではお護摩を焚いている。女神様の像の前は人々でごった返しており、私たちはもみくちゃにされながら男に額に赤いティカを付けられ、ここで立って見ていなさいと言われる。そこは女神様の台座の右下で、お参りする人々の横顔がよく見える。女の人たちは供物とともに布地も持ってきていて、男たちに渡し、男たちは女神様の腕にそれらを掛けてゆく。皆折り畳まれた高級な布地で、しばらく掛けてもらうと返してもらっている。日本でも妊婦さんが安産祈願のお寺で腹帯をいただいて、無事出産すると御礼に新しい晒を納めに行き、また次の妊婦さんがそれをいただく風習があるが、ここでは持ち回りではなく、自分の布に女神様のお力をいただいて着るようである。私も買ったばかりのサリーの生地を持っていたのだが、そのときは御利益をいただこうという知恵が働かなかった。

父親に抱っこされた赤ちゃんが女神様の足もとに頭をつけさせてもらっている。少し年上の十代の女の子も手を合わせて一心にお祈りしている。人々は次々に現れ、供物を捧げ、お参りをして、布を女神様の腕に掛けてもらう。金や赤のブレスレットをつけた人々の手が黄や赤のティカの上をせわしく動き、黄や緑やオレンジ色の供物をこぼれんばかりに盛ったお盆を捧げる。差し出す手と受け取る手が目の前で延々と交差し、堂内は熱気に溢れ、だんだんと高揚してきて、台座の男たちはついに踊り始めた。光が瞬き、お経はこだまし、人々の動きは止まず、目のくらむ混沌である。

すると踊っていた男の手が、背後からすいと伸びてきた。そして私の掌に赤いティカにまみれた茶色い玉をのせ、食べろと言う。それは町の菓子店にあって、くるくるこねこねと勝手に名づけていたお菓子と思われた。なにかの粉を手でこねこねして、くるくる丸めたひとくち菓子で、誰かが持参した供物のひとつらしいが、一見して粘土のようでもある。それをさまざまなものを手づかみにしていた男の手で渡されたのだが、しかしそのときはもう食べる以外の選択肢はなかった。私は目をつぶってそれを口に放り込み、飲み込んだ。きっと女神様のご加護があるにちがいない。

お祭りはドゥルガというシヴァ神の妻（パール・パティ）を祀るヒンズー教のお祭りで、ドゥルガが水牛の形をした悪魔と闘った伝説から、災厄から人々を守ってくれる女神様として信仰されている。ドゥルガが降臨する毎年九月末から十月にかけて、各地で盛大なお祭りが開かれるそうだ。

両手に供物のお下がりを入れた袋を持たされ、どろんこの足に靴を履いて、夜の雨のなかを歩いて宿に帰った。袋の底にはドゥルガの女神様の小さな写真が入っていた。

エローラの石窟

プーネからアウランガーバードに行き、アジャンター遺跡を見た後に回ったエローラ遺跡では、最初に入ったジャイナ教の石窟がよかった。中に入る前からよかった。

その窟だけ他の窟から離れた位置にあって、石段を上がっていく。石段の隅には小さな草花が生えていて、それが一段ごとに違う。そして石段を上がり切る手前で左手に窟の入口があり、窟の前は前庭になっていて、岩がデコボコしていた。そのデコボコを上がったところに野生のハーブがたくさん生えていて、よい香りを放っている。ハーブの香りのなかを入口に向かって歩いているとデコのひとつに白い石のかけらが置いてあった。それは落ちていたというより、あったという感じで、最初に見たときは足先でこづいたのだが、いや、やっぱりよく見ようと思って拾ってみたら、石の模様が放射線状に刻まれた石で、それはちょっと摩耗した貝にも似ていて、なんの石かわからないけれども不思議と美しい石だった。インドの石は向こうから、ここにいるよと合図してくる石が多いので、この石は拾っていいんだなと思って拾う。こんなにめだつ石、誰かが拾ってやめたような石だけれど、案外そんなこともなくて、ある日そこにやってきた石のようにも思える。そんなことをしながら、ようやく前庭のデコボコを越えて、窟の入口から内部へ入っていく。

入口には石像のゾウが二頭いる。雨ざらしで形が変わっていたけれども、立派な牙をもっていて、両方のゾウの牙に先ほどの白い石を当てて挨拶する。ところが石を不浄の左手で持っていたので、慌てて右手に持ち替える。

それから中に入ると、窟内はなにか嗅ぎ覚えのある匂いがする。どうやらコウモリの巣の匂いのようである。なぜこんな匂いを覚えているのか、そしてどこで覚えたのか、自分でも驚きである。

外も中も雨ざらしで雨水が溜まっているへこみもある。保存の行き届いたアジャンター石窟と随分違うなと思うが、その雨ざらしがよい雰囲気でもあり、雨がぽったんぽったんと何百年も何千年も落ちてできたと思われる穴もあって、そんなのをのぞいたりしながら祭壇へ行く。中に入ったとき、ひとめ見て奥の方に石が鎮座しているだけだったので、こういうものなのかと思って進んでいくと、その祭壇の石は四角く四方を削った柱状の石で、それぞれの面に仏様の立像が彫ってあった。

正面を向いている仏様の立ち姿や表情の感じがとてもよく、そのことに心が喜びを感じる。ずっとこうして何百年も何千年もここに鎮座されているのだなと思う。最初に見たときは、文化財がこの扱いかと思ったが、風も吹くし雨も吹き込むしコウモリも棲むけれど、石に彫られた仏様も含めここには自然のものだけで、いつか朽ちる日が来てもそれはそれでいいなあと思う。

それから仏様のお顔を描こうとノートを取り出して描いていたら、うまく描けなくて、簡単そうなものほど難しいという法則どおりだなと思い、もっと近寄ってよく見て描こうとすると、風化か浸食で自然に空いた無数のブツブツで、彫られた目鼻のラインがはっきりしない。けれども少し遠ざかってみると、目鼻立ちがぼんやりとわかる。

近づきすぎて本質が見えなくなること、大事なことがぼけてしまうことはよくあることだ。けれども少し距離を置いて眺めると、そのものの全容、本来の姿が自然とみえてくる。彫刻家が遠ざかったり近寄ったりしながら像を作っていくように、絵や文章もまた、近寄るときも遠ざかるときも必要だろうし、人間関係においても同じだろう。遠ざかりすぎると今度はよくわからなくなって、手放してしまったりもするけれど。しかしつながるものは必ずつながるし、だめになるものはやはりそれまでのことだったのだ。

絵を描き終えて、柱に彫られた四方の神様にお祈りしてから、振り返りつつ外に出た。仏様の位置から見ると、明るい光が見えて、石窟内の天井や壁の石の浸食が見えて、外の緑も見えて、とても気持ちがいい。仏様は毎日こうやって外を見ておられるのだろう。最後に入口で振り返ってみると、仏様の立ち姿だけはおぼろげにわかったが、お顔まではもうわからなかった。

インド門の僧侶

ムンバイの港に建つインド門は、かつての英国統治時代、提督が船から上陸した場所であり、かつ統治終了の際には最後の英国軍が去っていった、歴史的な建造物である。現在門前は広々とした広場になっていて、門を抜けた先の埠頭では観光客が門を背に記念写真に興じている。

西インドを旅したのち、ムンバイに戻った私たちは、帰国する朝いちばんでインド門へ向かった。港を囲む石造りの威風堂々とした欧風建築に強い陽ざしが射す、暑い日であった。早朝にもかかわらず、あたりにはすでに人出があって、人々は皆、広い広場を横切って門に向かっていた。私たちも広場を歩いていくと、ふたりの僧侶が私たちの方へ歩み寄ってきた。観光客目当てなのだろう、祈禱をしてくれるという。壮年の男とおじいさんの二人組で、男は体格もよく堂々としているが、おじいさんの方は痩せて小さく、法衣も薄汚れて、白というよりは生成りに近い色をしている。

私たちが立ち止まると、おじいさんは私の右の手首に赤い糸を束ねて縒った細い紐を素早く結んで(それは見たこともない結び方であった)、小声でお経を上げてくれた。夫には壮年の男が同じようにしてくれる。お経を上げた後は、この花を三日間ポケットに入れておきなさいと言って渡してくれる。といっても片言の英語で「スリーデイ、ポケット」と言われただけで、それでもそのそぶりからこれはお守りなのだなと思って、おじいさんが見ている前でポケットに入れた。花はマリーゴールドであった。

私が花をもらっている間に、お礼を渡そうとした夫と男の間でなにかいざこざが起きている。夫は小銭を持っていなかったので、お札を渡してふたりで分けてくれと言ったのだが、それはできないと言ってもめているのだ。夫は男が受け取らないので、彼が持っていた小さな花籠にお金を入れようとしたが、そこに入れては困ると押し問答しているうちにお札は籠からひらひらと下に落ちてしまった。夫がそれを拾っているのを見て、無性に悲しい気持ちになる。

夫は男の態度に業を煮やし、とにかくこれをふたりで分けろと言って、立ち去ってしまった。私は慌てて後を追ったが、その場を離れるときに、おじいさんの目に諦めに満ちた色がさっと浮かんだのを見た。

たぶん、あの男はおじいさんに分け前を与えないだろう。おじいさんにしてみれば大事な収入だっただろうに、もらいそこねたのだ。

私たち夫婦は旅の間は旅行財布といって、お金を同じ額だけ出し合い、ひとつの袋に入れて、食事代も宿代も交通費もなんでも支払うようにしている。夫はそこからお礼も出したのだ。旅行財布以外にも自分用のお小遣いをめいめい持つのだが、私もそのとき小銭を持っていなかったので、おじいさんにはなにも渡せずに別れてしまった。

私たちはインド門に行き、門を見上げ、埠頭から海をのぞいて見た。回りにいたインド人は私たちが日本人だと知ると、笑顔になって一緒に写真を撮ろうと言い、私たちはたくさんのスマホに納まった。こうしたことは西インドを旅している間じゅう日常茶飯事で、街を歩いていても、山を歩いていても、私たちが日本人とわかると相手は喜び、記念写真責めにあっていたのだ。インド門では夫は兄弟とまで呼ばれて、若い男子たちと一緒に写っている。私はそのようすを笑いながら見つつ、おじいさんのことが気になっていた。

私はあのおじいさんに赤い糸の紐を結んでもらい、お経を上げてもらい、ポケットには花も入っているのに、そのお礼をしていない。夫の話では、男は最初お布施はいらないと言ったのに、渡そうとすると急に高額を要求してきたという。前言を翻したばかりか、その額があまりに不当だったので、半額に当たる紙幣を渡してふたりで分けろと言ったそうだ。男にしてみればその半額紙幣が主張するひとり分であり、当然そのお金は男の懐に入り、おじいさんは一銭も得られなかったことは火をみるより明らかだった。

私はお財布を探り、あらゆるポケットに手を突っ込んで、お金を探した。そして男に渡した額には満たないが、少額の紙幣を見つけた。

夫と私はまた広場に戻っていっておじいさんを探した。おじいさんは遠くにひとりで立って、インド人の男性にお経を上げていた。お経が終わると、男性は一ルピーだけ渡して去っていった。本当はそれでいいはずなのだ。お礼はその人の気持ちであって、いくらでもいいのだから。

私たちはおじいさんに急いで歩み寄り、声をかけた。どう説明すればよいかもわからないし、そもそも言葉も通じないので、私は手首の紐を指さして、これありがとうと言い、小さく折り畳んだ紙幣を回りから見えないように差し出した。おじいさんは声をかけたときからほとんど表情は変わらない。いや、私たちが立ち去ったときから表情は変えていなかった。ただ目だけがかすかに変わったのである。私がありがとうと言った瞬間も表情は変わらなかったが、目だけが驚いたように動き、小さな声で「サンキュウ」と言った。そして私が一緒に写真を撮ってくれますかと頼んで横に並ぶと、おじいさんは写真を撮っている間、私の頭の後ろに右手を当てて、小声でお経を唱えてくれた。その手はごくやさしい、そっとした感触だった。

そうしたやりとりを見ていたのだろう、先ほどの壮年の男が笑みを浮かべてすかさず私たちに近づいてきた。そのときおじいさんは私に結んでくれた赤い紐をもう一本取り出し、「ユア　ファーザー」、つまりあなたのお父さんに渡して下さいと言っていたのだが、男は皆で写真を撮るのだからと、横からそれを押しとどめるようなしぐさをして、おじいさんを制してしまった。おじいさんは一瞬また目にがっかりした色を見せたが、私が急いで紐を受け取ったので、安心して写真に納まった。

写真を撮った後、おじいさんは向き直って、私の肩に手を当ててなにかを言ってくれた。なにを言っているかわからないけれども、言いたいことは肩に当てた手からも伝わってくる。おじいさんはきっと、おまえさんに仏のご加護がありますように、と言ってくれたのだろう。その目は真剣だった。本来僧侶に向かってそんなことをしては不謹慎なのだろうが、私も思わず私と同じくらいの背丈しかないおじいさんの肩に手を当てて、どうかお元気で長生きして下さいとか、お祈りしてくれてありがとうと一生懸命言った。

それからおじいさんは男と並んで私たちを見送ってくれた。右手の肘を折って上げて、掌をこちらに向けて、表情を変えず、じっと立っている。広い広場を横切る間、何度振り返ってもそのままの姿でじっと動かず、私たちが見えなくなるまで手を上げて見送ってくれていた。その姿は仏様のようであった。

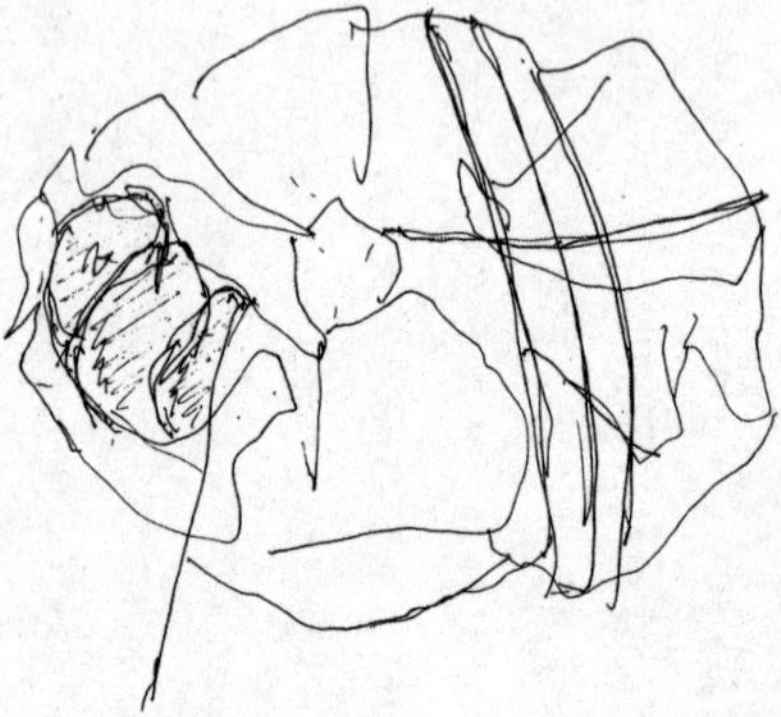

おじさんの店で買った
揚げ物は新聞紙で
包まれてたこ糸でくくってあった

サハリン点描

サハリン点描

ヤクーツク航空

夕方十七時三十分成田発のヤクーツク航空にてサハリンへ。ヤクーツク航空は国内線のような小さい飛行機で、成田空港の端の方から出る。貨物便の隣のようなスペースである。搭乗ゲートからはバスでタラップの下まで行く。この感じがいかにもいまだ国交正常化していない国同士の間柄を示している。国交正常化していませんから、実際には飛行機は飛んでいますけれども、おおっぴらにはしていませんとでもいいたげである。航空会社の人たちは全員日本人で皆親切でアットホームな雰囲気である。きっと社員も少ないのだろう、先ほどチェックインカウンターにいた人が、搭乗口にも来て人々を飛行機に乗せている。仰天したのは、操縦席にスタンバイしていた機長がスマホであたりの景色を嬉しそうに撮っていたこと。のどかな航空会社である。

ユジノサハリンスクの空港

ユジノサハリンスクに着いたのは日本時間の十九時十五分前で、空港の時計は二十一時十五分前を指していた。

入国審査を通って、空港ビルの扉を開けて外に出ると、ただだだっぴろい広場になっていた。白っぽい夕もやのなかに車が何台かと、こちらを向いて人が三、四人ベンチに座っているだけで、同じ飛行機に乗っていた人々は迎えの車に乗り込んでいったり、これから来るのを待っているようであった。

タクシー乗り場もなく、困ったなと思う。タクシーらしき車もいるにはいたが、声をかける前に人を乗せて行ってしまった。やはり事前に今日泊まるホテルまでのタクシーを頼んでおくべきだっただろうか。日本から頼むととても高かったので、空港なんだからタクシーくらいいるでしょうと踏んで頼まなかったのだ。

外気はひんやりとしていて、高原の夜のような爽やかな温度で、半袖には少し寒い。ロシア人は皆上着を着込んでいる。今は飛行機が着いたばかりでまだ人々がいるが、このまま夜になるとまずいなと思う。

うろうろしていると、白い乗用車がすうっと寄ってきて、運転席の男の人が「タクシー？」と片言で言って、「六〇〇（ルーブル）？」とスマホで数字を示した。いわゆる白タクだが、他に手だてもないし、「Can and help」と言う怪しげな彼の言葉を信じて乗り込むと、後部座席にチャイルドシートが置いてあった。彼はウインカーを出して空港の敷地を出ながら、「トーキョー？」と聞いてきたので、「ダー（ウン）」とロシア語で答えると、少し笑って、音楽をかけた。

歩道の街路樹はほっそりとした背の高い木々で、一本一本根もとに白い薬剤で虫除けがしてある。なんという木だろう？　梢の向こうの青い夕空に黒い雲がかかり始めていて、黄色い上弦の月が出ていた。

窓のツバメ

朝からツバメが乱れ飛んでいる。ホテルの窓は大きく、外の景色がよく見える。昨日の晩は夢をいろいろ見たけれどよく寝た。家にいるときよりよく寝た。家にいるとよく眠れない。いろいろとすることや思うことが多いからだろう。けれども旅に出るとそういったよしなしごとは手を離さざるを得ないので、諦めて楽になるのだろう。

遠くにチェーホフ山だろうか、山が見えている。昨日上空からも思ったけれど、やっぱり大地が北海道の続きの感じだ。その空を舞うこのツバメの飛び方になぜだか哀愁が漂っている。目の前をものすごい勢いで飛び回って、群れになったり離れたり急降下したりしながら、ピュイー、ピュイーと鳴いている。その鳴き声の響きがまたいけない。

さて、朝ごはんのテーブルを片付けて出かける準備をしなければ。

街路にて

白い服のおばあさんがひとり、ベンチに座っている。そこは歩道の一角で、細長い公園になっていて、サワグルミやポプラが並木をつくっていて、木の間に散歩道が通っていて、ベンチが点々と置いてある。光がとてもきれいで、空気も涼しくて澄んでいる。ハトがさっきバババッと飛んできて、地面に降り立ち、しばらくしてみんないなくなった。

私もベンチに座って街路樹を描いていたのだが、白い服のおばあさんは向かいのベンチに座っていた。ひとりだけどさびしそうではなくて、にこやかにしている。おばあさんだけでなく、少し離れたベンチでは中年の男の人がふたり座って話している。サハリンのロシア人は総じて静かだ。大声で話したりしない。けたたましい放送や音楽もない。店からの音ももれてこない。冬期用の二重ドアだからだろうか。したがって街は車の走る音しかしない。なのでハトの飛び立つ音もよく聞こえる。

私は何本か木を描いて、ノートを閉じて立ち上がった。歩き出しながら、おばあさんにさよならの挨拶をしたら、笑って両手を振ってくれた。そのままぶらぶら行くと若木に囲まれたプーシキンの石碑があった。私は立ち止まってしばらくそれを眺めた。

手芸センター

白いマンションの一階にかかった看板から察するにその店は手芸の店のようにみえる。サハリンの店舗は基本的に建物の中に納まっていて、そこがなんのお店か、さらにはお店かどうかも、商品を並べたウインドウや控えめに開けられたドアで判断しなければならない。お店にはどこになんの店があるかを知っている地域の人だけが訪れるのであって、よそから人が来ることを想定していない、いや、むしろ歓迎していないようである。

マンションは階段を数段上って正面玄関を入るようになっており、手芸の店は玄関の右手にある。私が判断材料にした看板には、古い糸巻き機やセーターの絵が薄茶色の線で描かれていた。ロシアの人が編み物に使う道具が売っているかもしれない。入ってみようかどうしようか躊躇していると、中からこちらを見ていたのか、玄関から出てきたおばさまが階段を下りてきて話しかけてきた。

ロシア語なので全然わからないが、どうやらここはお店ではなくオフィスだと言っているらしい。うんうんわかりましたと頷くと、話しながら自分と私を交互に指さして、にこにこする。日本人とロシア人は昔から仲がよいと言っているのだと横から夫が言う。同じように夫が、おばさまと自分を指さしてにこにこすると、そうだそうだと頷く。もっと複雑なことを言っているようにも思えるが——たとえばおばさまの父親が昔日本に行って親切にしてもらったとか、ロシアと日本は今国交がないけれどもロシア人は日本を好きなのだとか——わからない。とどのつまりは、我々は仲よしだということだ。

そしておばさまは「アリガト」と言ったので、私たちも「スパシーパ」と言って別れた。

ガガーリン記念公園

街の東側にはガガーリン記念公園がある。緑に包まれた大きな公園で、きれいに整備されていて、遊歩道があり、花壇があり、大木が木陰を作り、ベンチが点々と置かれている。整然とした静かな公園である。園を東から西へ突き抜けていくと湖が現れ、湖畔に子ども用の鉄道線路が敷いてある。休日ともなれば汽車が走り、子どもたちの歓声が上がるのだろう。公園の北の入口には遊園地がある。メリーゴーラウンドやコーヒーカップなど、日本でいうなら昭和三十~四十年代製とおぼしき年代物の遊具なのだが、小さな子と親たちが楽しそうに遊んでいる。向かいはガガーリンホテルで、Гагаринとロシア語のキリル文字で書いてある。

公園の東の入口にはガガーリンの像がひっそり立っている。すらりとしたハンサムで、片膝を折って、空に向かって祝福のポーズをとっている。ガガーリンといえば、旧ソ連時代に人類初の宇宙飛行士として「地球は青かった」と言ったという教科書的知識だけで、本人についてはなにも知らない。サハリン出身ではないようだが、国民的英雄だったので各地に像が建てられたのだろうか。若い彼の表情はどことなくわびしげにみえる。

像は見上げるほど高い位置に据えられているのだが、台座には赤いバラが一輪、置かれていた。

市場の婦人服店

ユジノサハリンスクはそう大きな街ではない。街路は碁盤目状になっていて、一日あればだいたい歩ける範囲である。常設市場もあるがそう大きくはなく、きょろきょろしながら進んでいくとすぐ出口に至ってしまう。まず野菜と果物の棟を見て、次に入ったのは生活用品を売る棟だった。ところが入口すぐの角がひどく混雑している。どうしたことかと思ったら婦人服の店がそこに出店しているのだった。

店といっても半分露天商状態で、台の上には服が山積みになっており、壁にはハンガーにかかった服がずらりと並んでいる。その服の山におばさんたちが群がっているのだ。店員ふたりもおばさんで、真剣な面もちで、お客の要望どおりにハンガーの服を取ったり、壁に立てかけた鏡を持ち上げてお客を映してみせたりする。お客はその場でとっかえひっかえ試着し、気に入ったものを買って去っていく。するとその後ろにいたおばさんがまた同じように試着を始めるのだ。ただし着ているものを人前で脱ぐわけにいかないので、シャツやブラウスなどをはおるだけである。

どれも日本の洋品店でもみかける安手の婦人服なのだが、その柄が日本とは違い、赤と黒、ピンクと黒、黄と緑といった大胆奇抜な色合いである。またそれがロシア人の太ったおばさんによく似合うのである。彼女たちがしかめ面で黙々と試着しているのがいい。買うときも潔い。決まればぱっと買ってすっと立ち去る。

しかし次の番のおばさんが、前の人が買ったのと同じ服を着てみたりするのがおかしい。あんなにめだつ柄で同じものが欲しいなんて変わってると思う。それともあの色と柄が今サハリンでは流行なのだろうか。日本人の目からみてちょっとしゃれたものもあるのだが、それに手を出すおばさんはいない。やはり趣味の違いだろうか。

少し離れたところに立って見物していたが、あんたも邪魔よという顔で買い物客から見られたので、退散することにした。

キノコ狩りの籠

それで私が市場の生活用品棟で買ったのは、つるで編んだ丸い手提げ籠である。

生活用品の棟といっても、私が欲しいような台所用品やクロス類などを売っている店は一軒しかなく、しかもそこにはまるで愛想のない女性が腕組みをしてめんどくさそうにカウンターの内側に立っていた。こういう人を見ると、ロシアはついこないだまで共産圏だったのだなと思い出す。

私は遠慮せずに店内を見回し、鍋つかみだのエプロンだのニンジンすりおろし器だのをあれこれ見せてもらい、さらには手招きして女性を店外に呼び、入口にぶら下がっていた籠を指さして、これはロシア製かと聞いた。キノコ狩りにでも使うようなかわいい丸籠で、この籠がこの店に入ろうと思わせたのだ。彼女は一瞥して、「ポーランド」と、ひとことだけ発した。

薬の実

旅に出る前は忙しいので、旅に出てから体調を崩すことが多い。今回も口内炎になってしまった。沁みるものはだめと思いながら、市場できれいな赤い実を見つけてしまう。店先に座っていた白髭のおじいさんがすかさず、試しに食べてみなさいと二粒三粒渡してくれる。甘酸っぱくて後味が少し苦く、種が細長い。しいていえばさくらんぼに似ているが、食べたことのない味である。せっかくなので半キロもらった。

しかしこの半キロが思ったより大量なのである。毎朝コップ一杯食べてもなかなか減らない。しかも最初に感じたよりも後味が苦く、一度にたくさんは食べられない。口内炎にもしっかり沁みる。そのくせ傷むのも早い。私はせっせと毎朝コップ一杯分を洗って食べ続けた。市場の場外で一般の人がダーチャ（休日の家庭菜園小屋）から摘んできて売っている、もっと甘くておいしいベリーにすればよかったなあと少々後悔しながら。

するとある朝気がつくと、口内炎が跡形もなく治っていた。良薬は口に苦しであった。

青空市のチーズ売り

花壇にはバラが咲き、レーニン像が堂々と立つ広場から、レーニンの背中側の階段を一段下がった一角で青空市が開かれていた。階段を下りた脇に、白いプラスチックのバケツやケースを並べた若い男の人が小机を出していて、その前でひと癖ありそうなおばさんがなにか尋ねながら品定めをしている。ケースを見ると、透明な金色、濃い琥珀色、白濁した黄色と少しずつ色合いの違う液体が入っていて、自家製蜂蜜を売っているのだった。おばさんがこれと決めると、男の人がそのケースから蜂蜜をお玉ですくって容器に入れてゆく。人々が回りでそれを眺めている。

蜂蜜売りの彼から時計と反対回りに店を見ていく。隣の店の隅には木の枝を束ねたものが置いてあって、なんだろうと思うが、おじさんは私を見て、手で自分の背中や胸を叩く真似をする。そうか、ロシアではサウナ（バーニャ）に入ると木の枝（ヴェニーク）で体を叩くのだったと思い出し、ダー、ダーと答える。

隣にはまた蜂蜜売りがいて、次に魚屋が何軒かある。トロ箱に入った大きな魚を売っていて、漁師らしき夫婦が座って店番をしている。店先で品定めをしているおじさんが、手に二段重ねの大きなケーキの入った箱をぶら下げているのをじろじろと見ている私を見て、漁師夫婦がにやにや笑っている。

植木や切り花を売る店もある。移動パン屋も停まっていて、小窓から手を出してパンを売っている。

一軒一軒見ていって最後の角に乳製品の店が二軒並んでいた。一軒は夫婦ふたりとも白衣を着て白帽をかぶり、丸い大きな白いチーズを切ったり、ヨーグルトを小分けにしたりしている。薬局さながらの格好だが、清潔にしているという証だろうか。乳製品を扱う店の人は皆白衣である。翌日の朝食用に百グラム頼むと、よしよし、まかせておきなさいというふうに、専用のナイフで慎重に切り取ってくれる。それは大きなチーズから比べると拍子抜けするほど薄くて申し訳ないようだったが、親切に薄紙にくるんで渡してくれる。ぽつぽつと穴の空いた薄黄色のチーズである。

それから二軒ほど行くと、最初の蜂蜜の店に戻った。

チェーホフ山

ロシアが誇る文豪の名のついたチェーホフ山に登頂するには、街から歩き始めると往復十時間近くかかる。きちんと計画して早朝から登らなければいけないとロシア人ガイドに聞いたので、行けるところまで行こうとのんびり歩き始めた。

街からはガガーリン公園を抜けてゆく。やがて道は未舗装路に変わり、林のなかの一本道に入った。人はほとんどいないが、突然両脇の小道からおばさんが数人連れで出てきたり、子どもたちが入っていく姿を見る。登山といったふうはなく、キノコ狩りにでも来ているのだろう。ランニングをしている人もおり、摘んできたアキノキリンソウの花束を持った男の人が歩いてくることもある。そして一本道はどこまでも続いている。

林は明るく、針葉樹も広葉樹も混ざって、どこか上高地から横尾までの道にも似ている。あの道も槍・穂高方面に行くには避けて通れないアプローチだが、長くて単調で、山を下りた帰りなどは、またここから三時間歩くのかと飽きてしまう感じもある。けれども道そのもので考えれば、なだらかで歩きやすいし、周囲は緑に溢れ、空気は澄んで涼しく、鳥は歌い花は咲きこぼれ、いつまでも続いていてほしいような道なのだ。あの感覚と似ている。ここにもヤナギの大木があり、カラマツがあり、トリカブトが咲き、シジュウカラが鳴いている。

道はカーブして、ゆるい上りになってしばらくでようやく登山口に着いた。ここから本格的に山へ入っていく。シラカバとシラビソの林が続き、下草にはクルマバソウ、これもまた上高地と同じだ。大きく違うのは登山道のルートを示す赤印で、日本では赤丸や赤矢印だが、ここでは木の幹にべったりと赤い塗料が塗ってある。

林のなかは変わらず明るく歩きやすい。道標をかけた大きなブナまで上がったところで引き返すことにした。露出した根の間でゴゼンタチバナが赤い実をつけている。

帰りは木々を見ながらゆっくり下る。さまざまな木の立ち姿が穏やかで、その感じがまた上高地の林と似ている。初めてなのに古い友に会ったように、心安らぐ山であった。

サハリンの列車

列車の窓から見るサハリンの空は広い。広く淡い青空に白い大きな雲がいくつも浮かんでいる。その下に広々と草原が広がっている。

日は照ったり陰ったりしながら、時々パッと明るくなる。透明感があって、清潔感があって、この光をどこかで見たことがあると考えていて、そうだ、夏の長野の高原の光に似ていると思った。草原に点々とかたまって立っているポプラやシラカバやモミは、降り注ぐ光を浴びていきいきと風になびき、短い北方の夏を謳歌している。

草原のなかほどには車道があり、時折車が走っていくのが小さく見える。天と地の間にはなだらかな山並みが見えていて、その向こうから白い大きな雲の群れがゆったりとやってくる。雲の位置は思いのほか低く、草原に影を落としながら流れてゆくのだが、下から見る雲の表面は太陽光を反射して白く輝いている。

この悠揚たる雲の群れを、数日前には上空から見ていたのだった。

成田からサハリンに飛ぶ便は夕方発で、北海道を越えてサハリン上空まで来る頃にはちょうど日没だった。窓から見る雲の層は二層になっていて、もくもくとした軽い煙のかたまりのような上層の雲は純白で、その合間から見える下方の雲はしゃりしゃりしたシャーベットのようで、茜色に色づいていた。さらにシャーベット雲のはるか下方には蛇行した川が見え、川面が光っていた。光っているから見えたのである。目を凝らすと、家々の屋根も四角く小さく銀色に光っている。あれは日本だろうかロシアだろうか。いずれの国にせよ、今あそこでは人々の暮らしは夕暮れの光に包まれているのだろう。やがてそれは次第に厚くなり始めた上空の雲に隠されて見えなくなってしまった。

あの雲の下に今の私はいるのだ。そうして雲が低いな、近いなと思いながら、地上を走る列車の窓から空を見上げている。雲はただ西から東に上空を流れているだけで、国の境などない。それを見ている私も、今は天上か地上かという違いしかない。

今日は列車に乗って海岸に行こうと駅まで歩いてきたのだった。朝の明るい光を浴びた駅舎に入って、ひとつだけ開いていた窓口で切符を買おうとしたら、座っていたお姉さんが掌を開いて五本指を立ててしきりになにか言っている。けれどもなにが五なのかわからない。時間なのか？ 番線なのか？ 列車番号なのか？ とにかくここから外に出て裏に回れと言っているようなので、急いで行く。

外に出るとそこには地下への入口があり、暗がりに向かって無機質なコンクリートの階段が寒々と下りている。それがまるで地下牢に向かう階段のようで、思わず足がすくむが、ええいままよと走り下りて、いちばん手近な階段を訳もわからず一段飛びで上がる。すると外の光が見え、人が数人と、列車の最後尾が見えた。

ドアのかたわらには小柄で短髪の女性の車掌さんが立っていて、行き先を告げると、そうだこれだ乗りなさいと言って、乗せてくれる。どうやらここが五番線だったらしい。

列車は五分ほどして、がくんと動き始めた。

私たちが降りるのはドリンスクという駅だった。ドリンスクに着く前に車掌さんがやってきて、次で降りなさいと教えてくれる。車掌さんは乗ったときからなにかと私たちを気にかけてくれている。車内で買う切符も、自分の手にペンで221と書いて見せてくれた。そうしてドリンスクに着くと、乗客が一斉に振り向いて、ここだ、ここで降りろというジェスチャーをする。親切なのは車掌さんだけではなかったようだ。

私たちはスパシーパとお礼を言って、降車口に向かった。列車はゆっくりと減速し、がたりと停まると、車掌さんはステップを出して私たちを降ろした。ステップの下はコンクリートが敷かれただけのホームである。ホームのすぐ脇には野の花が咲き乱れている。私たちは列車から離れて、ホームの端に移動した。車掌さんは再びステップをしまって、手にした黄色い旗を巻いた棒を笑顔で振ってくれた。

列車はまたがくんと動き始めた。ディーゼル機関車の後ろの客車はたったの一両である。見ると運転手さんも窓から手を出して振ってくれている。車掌さんも振ってくれている。もしかすると乗客も振ってくれているかもしれない。ゆっくりと去っていく列車が見えなくなるまで、私も手を振った。

琥珀海岸

サハリンの鉄道に乗って、ドリンスクに着いて路線バスで向かったのは琥珀海岸だった。ガイドブックによると琥珀が拾える海岸なのだという。

琥珀（アンバー）はマツやスギなどの樹木の樹脂が数千万年かけて地中で固まったもので、古来宝飾品として愛されてきた。色は蜂蜜色からオレンジ色、褐色、濃い茶色までさまざまで、琥珀色なる色もあるように、こっくりとした深い飴色は見ているだけで温かく恍惚とした心地に誘われる。もとは樹脂であるため、中に花や虫などの不純物が混じっていることもあり、これがまた希少価値として珍重される。

その太古の化石、琥珀が海辺で拾えるのだ。おそらく海中に埋まる琥珀を含む岩盤層が長い年月をかけて細かく砕け、波に乗って、ある日海岸に打ち上げられるのだろう。
列車に乗っていたときと同じように、バスでもロシア人は一様に親切で、笑顔で話しかけてくれる。すべてがロシア語なのでまったく意味は不明だが、ヤポーニア（日本人です）と言うと、うんうんと頷いてくれる。そしてバスが終点に着くと、海岸への行き方を身振り手振りで教えてくれる。

こっちが近道だと教えられたとおり、丈の高いくさぐさの間の細い道を抜けると、海岸に出た。深い群青色の海に大きな弧を描いて砂浜が広がっている。人出はさほどなく、数組の家族連れがところどころに憩っている。琥珀拾いに来ているのだろうか。

砂浜を歩きながらかがんで足もとを見ると、白砂に黒砂の筋が波状に残っている。黒いのはもと石炭だったのかごく軽い砂で、さらに顔を近づけて見ると、黒砂に混じってキラキラと光る物質がある。光に透かすと透明な琥珀の色である。石というよりは砂になる前の石屑だが、間違いなく琥珀である。

石炭ももとは樹木の化石だから、この黒い砂が打ち寄せているところに琥珀も混じっているのだろうとあたりをつけて探す。しかし砂は黒いしそこに混じる琥珀は小さいしで、ほとんど這いつくばって探す。はたから見たら、この日本人はどれだけ必死なんだとあきれられそうなようすだが、いたしかたない。

米粒大から一センチ四方のものまで丹念に拾いながら、じりじりと前進していく。しばらくしてひと息つき、顔を上げると、海際にいる私たちよりも山側に、小さな女の子を連れた若い夫婦がいるのに気づいた。

お父さんは娘と一緒に黒砂の上に座って琥珀を探しているらしく、お母さんは近くに折り畳み椅子を置いて彼らを眺めている。妙に真剣な私たちが彼らの邪魔をしているかなと思うが、海岸は誰のものでもないしと自分に言い訳をして、琥珀拾いを続行する。

すると少しして、ジャリジャリと砂の上を歩く音がして、顔を上げると、小さな足が二本見えて、先ほどの女の子が立っていた。淡い金髪の巻き毛の二歳くらいの女の子で、小声でなにか言いながら、砂に膝をついていた私に向かって小さな手を差し出した。開いた掌には大きな琥珀が乗っていた。自分が拾った琥珀を持ってきて「これどうぞ」と言っているらしい。女の子が近づいてくる前に、お父さんがなにか話している声が遠くから聞こえてきていたが、あそこの日本人にあげておいでと言っていたのかもしれない。

私はびっくりしてそれを受け取り、とっさに、彼女のくれたのにははるかに及ばないが、私が拾ったなかでいちばんいいのを、お返しにと彼女の掌に置いた。女の子は、なんとなく違うんだけどな、という顔をしてお父さんのもとに帰っていった。

それからも彼らから少し離れた位置で拾っていると、再び女の子がやってきた。そしてまた小さな掌を開いて、持っていた石をそのまま全部私の掌に乗せた。たぶん今日拾ったものすべてだろう。加工したら指輪にでもなりそうな立派なものもある。「これは悪いよ」と私は日本語で女の子に言って、お父さんの方を見たが、お父さんは遠くでにこにこしていて、女の子もにこにこしている。私は琥珀を返すに返せず、ありがたくもらうことにした。

なにかせめてものお返しをしたいが、私にはあげられるものがなにもない。困って自分のザックの中をかき回すが、あげられるようないいものはなにもない。夫が日本のコインをあげたら、きっと珍しいよと言うので、お財布を開けて小銭を探した。五円や五十円などの穴の空いたコインは珍しくていいかもしれない。

私はお財布にあった全種類のコインを握って彼らが座っている黒砂まで行って、女の子の横にかがんで手を差し出した。「どうかな、欲しいのあるかな」と言うと、女の子は黙ってじっとコインを見ている。今どきコインなんか女の子には嬉しくないか、それとも何枚か持っていた日本の切手の方がよかったかな、それにせっかく好意でくれたものへのお返しにコインを渡すなんて（とてもくれただけの価値はないが）、お金で買ったみたいで嫌かもしれない……と思っていると、お父さんが、もらったら？　というように女の子に声をかけ、彼女は小さな手で、私の掌上のコインを、私の手首に近い方から一個ずつ、取っていった。そのしぐさは、もらわないとこの人が気を悪くするかもしれないし、といった感じもして、私は急に胸がつまって、「ありがとうね」と言って、彼女のピンクのパーカを着た背中をポンポンとした。

その背中が、小さい二歳くらいの子どもの、肉の薄い骨ばった固い背中で、ふいに涙が出そうになる。私には子どもがいないので、ふだん触れることのない子どもの体に触れて、小さな子のもつはかなさがこたえたのかもしれない。

夫とふたりで改めてお父さんにお礼を言う。女の子はお母さんにコインを見せに行っている。それから彼らは椅子やバスケットを片付けて女の子も乗せて車で帰っていった。

インドネシア・スマトラの雨

クワ王様

朝、ホテルの部屋のドアを開けて外に出たら黒いものが落ちていて、ぎょっとして後じさりしたら、大きなクワガタがひっくり返って落ちていたのだった。クワガタといっても、日本で見るまっ黒なクワガタではない。羽根の色が黄土色でツルツルしている。つぶらな黒い目が大きく力がある。生きている生きものの目である。

夫は、あっクワガタだ、昆虫写真家がこれを探しにスマトラに来るようなやつ、と言って興奮する。夫が拾って掌に乗せると、安定するらしくじっとしている。よく見ると足が四本しかない。頭のクワは体のわりに小さい。なんでこんなところにいたんだか、ホテルの部屋はドアを出るとそのまま外廊下につながっているので、夜、部屋のあかりに誘われて飛んできて、ドアに止まろうとして落っこちたのだろうか。

「君たちに挨拶に行こうとしたらドアがツルツルして足が滑って、あのような格好で失礼した」と、夫がクワガタの気持ちになって言う。

こんなところにいても困るだろうし、木に返してあげようと、裏庭に行って木に止まらせようとするが、お好みでないのか、足が四本しかないせいなのか、今ひとつ安定しない。それで昨日実がなっているのを見ていたパッションフルーツの木まで行ってつかまらせたら、しばらくして動き出した。いかにもここは慣れている場所という感じで。

私たちは日本でも時々クワガタに出会う。海岸でキャンプしていて、朝起きてテントを畳もうとしたら、フライシートにコクワガタが止まっていたこともあったし、山を歩いていて岩場で岩をつかんだら目の前にクワガタがいて、いかにも登山者に踏みつけられそうなのでもっと安全な場所に移動させたこともある。カブトムシに遭遇することはないがクワガタには——それも少し弱って困り顔のに——会うので、クワガタには縁があると勝手に思っている。

足は四本だけれども威風堂々としたクワガタには「達者で暮らせよ」と言って別れた

が、しかし案外これはクワガタのせりふかもしれないと思った。

それから食堂に行って朝食を食べ、デザートの緑豆のおしるこを食べながらクワガタのことをノートに書いていると、横から夫がお話を始めた。

「スマトラ島のブキティンギのクワガタの王様は、日本からクワ吉（海辺のテントでフライに止まっていたヤツである）を助けた人間が来たと家来たちから聞き、そうか、人間としてはよい人間であるからわしが表敬訪問しようと思い立ち、虫としてはいちばん大切な朝の四時半にドアをノックしましたが、人間は出てきません。それどころかドアにつかまろうとしたとたんに落ちて、クワ王様はひっくり返ってしまいました。こんなときに限って、侍従やクワ女王様がそばにいません。しばらくすると部屋の中からがさがさと音がしたので、果報は寝て待てとじっとしていました。すると急にドアが開いて人間が出てきて、一瞬踏まれるかと肝を冷やしましたが、家来たちに聞いていたのと同じ風貌の人間だったので、踏まれることはなく、つまみ上げられました。男の手はカサカサしていてしわしわで乗りやすく、クワ王様は甘噛みをして最大の敬意を払いました。しかし人は人、虫は虫。本日の謁見はこれにて終わり、皆の者帰るぞと言いましたが、誰もいないので、ひとりでクワ女王様のところへ帰っていきましたとさ」
以来、スマトラ島のクワ王様の話は今も続いている。

おばあさんのせんべい

昼から坂を下りて街へ出た。坂を下りていくと、おばあさんがなにか平たいものがたくさん入った長いビニール袋を少し持ち上げるようにして歩いていた。

なにかなと思って、追い越しぎわににこにこすると、おばあさんもにこにこしてくれたので、それなあにと指さすと、なになにとインドネシア語で答えてくれる。なんだろうと首を傾げると、「ウビ」と言う。ウビはおいものことだ。そしてちょっと待ちなさいというそぶりをみせて、荷物を地面に置いて、袋から一枚出して渡してくれる。

それは揚げせんべいで、丸いのを半分に折った形をしており、パリパリしている。端の方には香草が入っている。おいもの風味がそこはかとなくある。私が「おいしい！」

と日本語で言うと、そうかいそうかいというふうに、にこにこしてくれる。

おばあさんは孫にでもふるまうのか、ウビを袋買いして持って歩いているのかと思ったが、後で考えると、おばあさんが家で作ったものをどこかに売りに行くか、誰かに売ってもらうために近所の人へ託しに行ったのではないだろうか。

というのも、その後街へ出て、夕方暗くなってから、時計台の下で女の人が三人地べたに座ってウビを売っているのに出会ったからだ。おばあさんのウビがおいしかったので、時計台の女の人が売っていたのも一枚買ってみたが、おばあさんのがおいしかった。きっと作りたてだったのだろう。辛いソースなどをつけて食べるらしいが、そのままでも充分おいしい。

道を歩いていておせんべいをもらうなんていいなと思う。でも私も年を取って、自分が作ったお菓子を持って歩いていて、後ろから来た外国人がにこにこしたら、呼び止めてひとつふるまいたくなるかもしれない。

交差点の自転車レース

街の中心部へ向かう大きな交差点が通行止めになって人だかりがしているので、何事だろうと近づいていくと、街のどこかで自転車レースが行なわれていて、もうすぐ選手たちが走ってくるようだった。警察が車通りを封鎖して、随分と大がかりである。人々は四方からどんどん集まってきて、観衆たちの期待はいやがうえにも高まっているので、私たちも立って待ってみることにした。

しばらくするとバイクが走ってきたので、おお、もうすぐ来るぞと思ったら、パトカーが数台現れて、それっきりになってしまった。あれはきっと先行部隊だねと話していると、再び警察車両が来て、ついに本隊登場と身構えたら、オレンジ色のミニバスが何台か通って、またそれっきりになった。それからはなんの変化もない。集まってきた人人も通行止めに遭った車列も辛抱強く待っているが、なんとなくだれた雰囲気もある。なかには路肩に座り込む人もいれば、バイクにまたがったまま見ている人もいて、人垣はふくらむ一方だが、そこで立っているおまわりさんくらいしか見るものがない。しびれを切らした私たちはレースを見るのを諦めて街へ向かった。

夜になって宿に帰る前に一軒の店に寄ると、店のお兄さんに「今日、自転車レース見てたでしょ。交差点に立ってたね」と、日本語で話しかけられた。「僕もあそこで見てたんだ」と言う。彼は農業研修で日本に行ったことがあると言い、嬉しそうに日本語を話す。ブキティンギは人口約十万人規模の街だというのに、その街角で私たちを見ている人がいて、再びその人に遭遇したことに驚く。日本人に懐かしみをもっている彼だからこそだろうが、どこへ行っても、こうして自分を見ている人が必ずいる。

市場の甘味食堂

複雑に入り組んだ市場の一角にあるその店は甘味を出している食堂で、最初に通りがかったときには地元の人々で大繁盛していたので、空いた頃に入ろうと夕方もう一度行くとすでに閉店していた。こうなるとどうしても入りたくなるのが人情で、翌日再び市場へ出かけ、三度目の正直でやっとお店に入った。

店には六人がけのテーブルが四卓あり、おじさんたちが奥のテーブルでおしゃべりをしている。私たちが入口近くのテーブルに座ると、さらに私たちの後におばさんがふたり入ってきた。テーブルはまだ空いていたのだが、おばさんたちが入ってきたのをしおに、というかおばさんたちが入ってくると、おじさんたちは潮が引くようにそそくさと出ていってしまった。それで店にはおばさんふたりと私たちだけになった。

ゆったりと太ったふたりのおばさんは、通路を隔てた私たちの横のテーブルに座って、私たちの顔を見てにこにこする。そして日本人かと聞く。そうですと答えると、片言の英語で日本に行ったことがあると言う。「トーキョー、ヒロシマ、フジヤマ、マツシマ」、随分あちこちに行っている。フジヤマと言ったときに、ブルブルして、寒かったわあという身ぶりをする。それから温泉にも行ったらしく、知らない者同士がノードレスでお風呂に入ることに驚愕したらしい。なぜかしらと不思議そうな顔をするが、なんとも答えようがない。それからおばさんは持っていたジャンプ式の折り畳み傘を自慢げにバンと開いて見せてくれる。赤地に黒字で「忍者」とデカデカと書いてある。ニンジャ傘はキョウトで買ったらしい。「インドネシアでこの傘を持っているのは私だけよ」と、傘をさしてしなを作って、私たちのカメラに納まる。

ニンジャおばさんは薄化粧で簡単なパンツスタイルだが、もうひとりのおばさんは大きな指輪をいっぱいはめて、着ているものも伝統的なドレスで厚化粧である。けれどもふたりの親しげなようすから察するに、女子校時代からの友だちといったふうである。

指輪おばさんは立ってきて、自分の着ている服の刺繍を見せてくれる。淡い色の糸で刺した細かい花模様の刺繍で、ニンジャ傘に対抗してだろうか、この刺繍はミナンカバウ族の特産品よと説明する。あなたが刺繍したの？ と聞くと、そうよと言う。すかさずニンジャおばさんに、「なに言ってんのよ、嘘つき！」と（言っていると思われる）攻撃を受ける。「なに言ってんの、あんた昔から家庭科苦手でろくに刺繍なんかできなかったじゃないの、あたし知ってるわよ！」と（思われる内容を）大変な剣幕でまくしたてられ、苦笑いしている。まったく女子校友だちは容赦がない。とにかくそのふわふわとしたオーガンジー生地に施された手刺繍は繊細で美しく、指輪おばさんご自慢のお誂えものと思われた。

それで肝心の甘味だが、テーブルにはプラスチックの箱が置いてあり、バナナの葉で巻いた粽が入っている。三角形の方はラペといってココナツと砂糖と米を混ぜて蒸したもので、四角形の方はラーマンといって蒸し米に甘いでんぶが入っている。他にも揚げドーナツがお皿に山盛りに置いてあって、おばさんたちは話しながらつまんでいる。これはゴードピサンといってバナナ（ピサン）と砂糖と米を混ぜてつぶして揚げたものだという。これらは好きなだけ食べて、後で数を申告すればいいらしい。お菓子の名前や材料などもおばさんたちに聞けば即座に教えてくれるので、とても助かる。

やがておばさんたちの前にデザートが運ばれてきた。白いスープにバナナが二本横たわっているのだが、これはランマバナーというミナンカバウ特有のデザートだそうだ。おばさんたちは味見に一本ずつ食べろと言って聞かない。ありがたくいただくと、バナナはやわらかくて甘く、スープはココナッツ味のホットデザートだった。先ほどおばさんたちに教えてもらった「エーナ（おいしい）」を連発すると、満足そうに頷く。ちなみにノーグッドはティダエナである。

私たちもなにか頼みたかったが、店にはお品書きがない。あったとしても読めないのだが、地元の人しか来ないし、決まったものしか出さないので、メニューなど必要ないのだろう。それにラペやラーマンやゴードピサンなどをつまんで、おばさんのランマバナーを御馳走になったらすっかりお腹いっぱいになってしまった。

ところが私たちがろくに注文していないのを見て気の毒に思ったのか、ニンジャおばさんは別の机にあった、ビニールの小袋入りのお菓子をさらにおごってくれる。中が空洞の軽いパフ菓子で、「コーンパフよ」と言うわりには、妙に脂っぽい。腑に落ちない顔の私たちを見て、おばさんはいたずらっぽく「実は豚の皮なのよ！」と種明かしして驚かそうとするが、豚肉が禁忌であるムスリム（イスラム教徒）ではない私たちが一向に動じないので、当ての外れた顔をする。きっとおばさんの生きる社会にはムスリムでない人などいないのだろう。第一、お客の大半がムスリムの店に豚の皮が置いてあるはずもなく、パフは牛の皮であった。

私たちの後ろではお店の人が店の前の屋台でナシゴレン（焼きめし）を炒めている。そろそろお昼どきなので店を出ることにして、おばさんたちと写真を撮って別れた。おばさんたちは小さな子どもを見るときのお母さんの顔をして、私たちを見送ってくれた。

そういえば、ニンジャおばさんがしきりに「バナナ、トーキョー」と言っていたが、日本の土産菓子の東京ばなながおいしかった、と言いたかったのだと後で気がついた。わかってあげればよかった。ひとつずつ包装してあって「スゴイ」と感嘆していた。

市場の甘味食堂

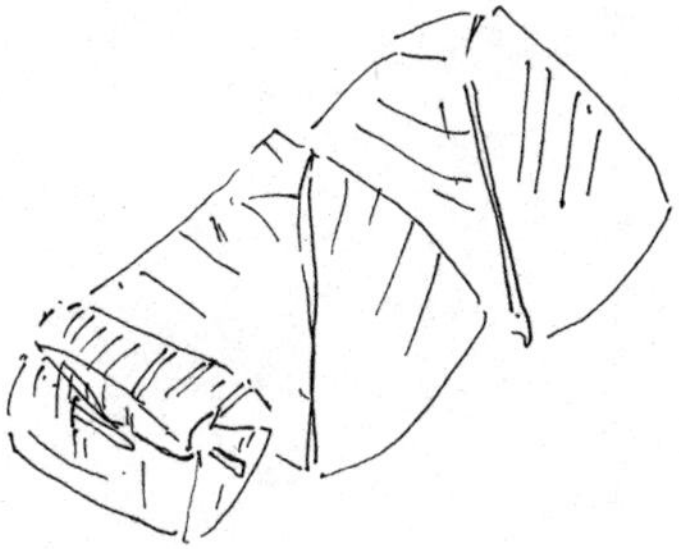

ロニのお守り

その日私たちはガイドのロニとともに、スマトラ島南部のハラウ渓谷のジャングルにランの花を探しに行ったのだった。

滞在していた街から渓谷までは車で二時間ほどかかる。街を出ると商店はほとんどないので、途中にあった果物店で、ロニは私になにがいいか聞き、パパイヤとパインを調達して助手席に乗せた。

ロニとはもう数日間行動をともにしていて、あちこちのジャングルを案内してもらっていたのだが、街とジャングルとの長い行き帰りに、私たちはちょうどはしりの時期だったドリアンを食べたがり、ロニは道脇の粗末な小屋掛けの店を見つけては車を停めて、三人で気の済むまで食べていたので、私たちの好物は果物だと理解しているようであった。またそれだけスマトラの果物は豊富で安価であった。

街から郊外に出るとあたりはのどかな田園地帯で、広々とした田んぼが広がっていた。すでに田植えが始まっていて、人々が点々と散らばって苗を植えている。昔の日本のように人々が並んできっちりと直線的に植えていくのではなく、最終的に田んぼが全部苗で埋まればよいというふうな植え方で、大らかなものである。

車を停めてその光景を写真に納めて戻ろうとすると、道脇の草むらに白いランの花が落ちていた。樹上で咲いていたランがなにかの拍子に株ごと落ちてきたようで、いくつもの花が連なって開き、上品なよい香りを放っている。しかし花だけ摘んでも枯れてしまうし、どうにもしようがないので、株ごと木の根もとに立てかけて車に戻った。

ハラウ渓谷にはこうした樹上に咲く珍しい野生のランを撮影しに行くのだったが、車中で話をしていると、どうやらロニはランの花が好きなようで、家で育ててみたいという。そして渓谷に行く前に突如予定外の園芸ランの専門店に寄って、植物写真家の夫にどれを買えばよいか助言を求めたりしている。私たちはまだ三十代独身の彼の意外な一面に驚きつつ、その趣味につき合った。

そうこうしながらようやくたどり着いた渓谷では、ロニと地元ガイドとともに数時間ジャングルを歩き回り、岩棚に咲くランを探したが、結局出会えずじまいで、おまけに帰り道ではわずかな隙に彼らとはぐれ、大声で呼び合う羽目にも陥り、疲れ切った私たちはロニのむいてくれたパパイヤを食べ、少し休憩してから帰路についた。

高曇りだった空は午後になって雲が厚く低くなり、ひと雨来そうな気配であった。そういえば、行きがけに落ちていた樹上のランをロニにあげたら喜ぶんじゃないだろうか。私たちは田んぼの撮影をしたあたりで再び降ろしてもらい、木の根もとにランを探した。株はすぐに見つかったが、花の部分はすでに持ち去られていて、私たちはかろうじて残っていた数輪の花と株を抱えて車に戻った。ロニは、あいつらなにやっているんだろうと怪訝な顔で待っていたが、私たちが木の枝を抱えてきて「For you」と差し出したのにランの株がついているのを見て、おかしそうに笑って喜んで受け取ってくれた。

満足した私たちは再び車に乗り込み、ランの栽培法などを話しながら走っていった。

そのときに携帯電話にメールが入ったのだ。それは夫の長兄からで、親族が亡くなったことを知らせるメールだった。

荷台にランプータンを山盛りにして売っている車を見つけたロニは、私たちにランプータンは好きかと聞いて降りてゆき、ひと袋買って渡してくれた。たぶんランのお礼だったのだろう。暗くよどんでいた空からぽつぽつ、ぽつぽつと雨が落ちてきたのは、彼が車に戻ってくるまでのわずかな間だった。

フロントガラスに当たる雨が次第に強くなるなか、ロニは明らかにようすの変わった私たちに気づいて黙って運転している。ちょっとアクシデントがあったので、急いで日本に帰らなければならないかもしれないと話すと、わかった、もし明日空港まで行くなら送っていくからと言ったまま、沈黙してしまった。

やはりなにが起こったのかきちんと説明しないとロニも不安だろう。宿に着いてから、夫がことのなりゆきを話すと、ロニは絶句して、知らなくて悪かったと口の中で言った。私たちも今知ったのだからロニはなにひとつ悪くない、また必ず連絡するからと言うと、ロニは何時でもいいから必ず連絡して、何時でも迎えに来ると言い残して帰っていった。

翌日のうちに帰国するためには明朝四時半にはこの街を出なければならない。私たちはそれから飛行機のチケットを変更しようと悪戦苦闘したが、夜中になってついに翌日帰国することを断念した。しかしロニは今も私たちの連絡を待っているにちがいない。予定どおりの日付で帰ることをメールすると、すぐさま返事が返ってきた。

その晩はどしゃ降りの雨が夜中じゅう降っていて、その雨音が大きく、聞いているだけでたまらなく憂鬱だった。なぜこんなに降るのだろう。雨期に入ったのかもしれない。街ではイスラム教の祈禱であるアザーンが毎朝四時半頃から始まるのだが、私はイスラム教徒でもないのに、早く始まらないだろうかと願うような気持ちでベッドに横になっていた。そしてまだ暗いうちに雨音の合間にどこからかアザーンが聞こえてくると、ほっとして少し眠った。

雨はいっとき止んだが、翌日もずっと降り続いていた。日本に帰ることもできず、さりとてジャングルへ出かけることもできず、部屋でじっとしていることもできなくなった私たちは、街なかまで出かけることにした。そしてあてどなく歩いていて、とある店で小さな木の玉をつなげた数珠状のものを見つけた。それはロニの車のバックミラーに下がっていたのと同じもので、店先にぶら下がったそれを私は手に取って触ってみた。

ロニにガイドを依頼して、初めて彼の車に乗った日、バックミラーに長々とぶら下がる、このネックレスのような、数珠のようなものがまず目に入り、それはなんですかと聞いたのだった。バックミラーには紙細工の人形もぶら下がっていて、ロニはこれはパフュームだと答えたが、もうひとつの数珠についてはなにも言わなかった。輪になった木の玉の連なりの先端には十字架ではなく、錫杖に似たものがついている。キリスト教のロザリオではないし、仏教の数珠でもない。たぶんイスラム教の数珠なのだろうが、そのときはそれ以上押して聞くのは躊躇われて、聞かずじまいになっていたのだった。

インドネシアのスマトラ島ではイスラム教徒が多くを占める。道行く女性は頭にヒジャブをかぶっているし、夜明け前にはアザーンが街に流れる。けれども戒律はそれほど厳しくなくゆるやかにみえ、あるときロニはお酒も飲むと言うので、ムスリムではないのか聞くと、ムスリムだが、僕はフレキシブルだからとうそぶいていた。

雨上がりの翌日、待ち合わせの時間にロビーに行くと、宿の前にはすでに見慣れた青い車が停まっていて、ロニがソファに座って待っていた。一昨日の今日だから、きっとロニはどんな顔をしていいのかわからずに来ているだろうと思って見たらそのとおりで、手を振ると、こちらに気づいてニコッと笑って手を上げた。それは困ったような笑顔だったが、私たちが変わりないことにほっとしたようだった。そして近づいて握手したときの顔をもう一度見て、ロニはちゃんとわかってくれていると思った。

車に乗り込み、数日前の雨の晩に馬車が立ち往生した坂を下っていたときに、夫は、先日撮影中に壊れたカメラの修理を製造元に頼むので保証人になってほしいと実務的な話を始めたので、ロニは真面目に了解と答え、もし壊れてたら僕に頂戴ねとちゃっかり冗談を言ったので、皆で大笑いをした。

それでロニは緊張が解けたのか、インドネシアでは葬儀は亡くなった当日にする、だから親戚も間に合わないことがよくあるのだと話す。それはおそらく葬儀に間に合わなかった私たちを気遣って言ってくれたのだろう。

場が和んだついでに――それにもうロニの車に乗るのは今日が最後なのだから――ロ

ニがぶら下げているそれはなに？　と改めて聞くと、ロニは、ああこれ？　これはムスリムのお祈りの……と言いかけて、突然バックミラーからそれを急いで取ろうとしたので、いいのいいの、運転中だし後でいいからと慌てて言うと、うん、後でねと口では言いながら、ロニはミラーからそれを引っ張るようにしてはずして、はずした拍子に紙のパフュームも一緒に取れてしまって、いらいらと片手でもつれをほどいている。彼はそれを私たちに見せようとしてくれているのだなと思ったが、ロニはようやくほどけた数珠をつかむと急に後ろを向いて、私にそれを差し出し、「Give for you」と言った。

え？　いやそんな、いいの悪いし、あなたの大切なものなんだからと言うと、いいんだいいんだとロニは強く言い、「Good luck come true」と笑顔で言って私の手にそれを押しつけて、前を向いてしまった。

私はあっけにとられて手の中の長い数珠を見、次の瞬間、目から涙がふき出して止まらなくなった。

ロニが心配してくれていることはメールの文面や今日の表情からも感じていたのだが、ここ数日をともにしていたとはいえ、彼がこうして私を気遣ってくれたことに驚愕したのだ。もちろん彼にとっては私が今感じたよりももっと軽い気持ちだったかもしれないが、少なくとも相手を思う気持ちがなければ、そうしたとっさの行動に人は出ない。

ロニにとってイスラムの数珠はもはや単なる飾りだったかもしれないが、しかし彼はムスリムだからこそそれをお守りとしてバックミラーにかけていたのであって、やはり大事なものにはちがいない。確固たる宗教をもたない私たちがそれでも神社のお札やお寺のお守りを心中どこかで大切に思い、敬意をもって扱うように。

自分にとって大事なもの、自らの信仰とつながっているものを、しかも長い間車の中にかけていたお守りであったのに、どうかあなたに幸運が訪れますようにと手渡してくれたことに私は驚き、くれることで自分の気持ちを表そうとしてくれたことに涙が出た。

ロニは別れ際に、また明日ねとつい言って、あっ間違えた、また今度ねと言い直して、笑って握手をして去っていった。

雨はそれからも一晩中降り続いていて、止む気配はなかった。雨期に入ったのだろう。私は香りの染みついたロニのお守りを枕もとに置いて眠った。

花のスリランカ

花の玉座

スリランカの古都キャンディは、年に一度行なわれるペラヘラ祭りで知られる地方都市である。ペラヘラ祭りとは、国内から集められた八十頭ものゾウが着飾り、街を練り歩く盛大なお祭りで、そのうちの一頭のゾウの背中には、この街にある仏歯寺に納められている仏陀の歯（仏舎利）が祀られている。つまりこの日だけは仏様がゾウに乗って外にお出ましになるという、仏教の聖地にふさわしいお祭りである。

キャンディに滞在したのはお祭りの時期ではなかったので、仏舎利が大事に祀られている仏歯寺に参拝しようと、朝、宿を出て坂道を下って、キャンディレイクに出た。キャンディの街の中央には大きな湖が静かに水をたたえているのである。お寺は湖を半周ほど回った先にあった。

湖沿いは車道と歩道に分かれていて、背の高い木々が亭亭と並木をつくっている。木々や湖水の緑色を眺めながらの気持ちのいい散歩道である。木の下では掃除のおじさんたちが箒で落ち葉を掃いている。

ふと、早朝の爽やかな空気に、そこはかとない清純な花の香りを感じて木を見ると、垂れ下がった枝に白い丸い花がたわわに咲いていた。ホウガンノキの花である。ホウガンノキは砲丸のような実をつけることから名づけられた木で、日本にはない木だが、スリランカではこうしてふつうに街路樹になっている。

初めて見るホウガンノキに喜んで写真を撮っていると、それまで木の下を黙って掃いていたおじさんたちのひとりが、突然箒を置いて木に飛びつき、少し登って花をいくつか取って下りてきて、私に差し出してくれた。

驚いてお礼を言う私に、おじさんは丸い花をそっと開いて、まんなかを指さして、「Budda」と教えてくれる。一緒になってのぞき込むと、ホウガンノキの花は外側は白くすべすべした球形をしていて、中央に切れ込みがあり、上下にぱかと開くと、上部は白と黄と紫のおしべが花冠となってふわふわと密集し、下部には退化したおしべがびっしりと密集している。その密集したおしべの中央に、ひとつだけ薄緑色の丸いめしべがあり、おじさんはそれを指して「Budda」と言ったのである。それはたしかに、花咲くなかにひとり座した仏様のようにみえる。

なんという美しい発想。丸い玉のような白い花の中をのぞいて、仏様が鎮座しておられると思う、人々のその敬虔な心。その花を木に登って取ってきて通りすがりの外国人に教えてくれる、掃除夫のおじさんの温かい行ない。英名はキャノンボールツリーで、日本名もそれに倣ってホウガンノキと呼ぶのだろうが、長くオランダ、イギリスの植民地だったスリランカでは、砲丸の木ではなく仏様の木として、信仰の対象になっているようだ。

私に花を取ってきてくれたおじさんは、私が喜んでいるのを見て嬉しそうな顔をする。他のおじさんたちも手を止めて、にこにこしてこちらを見る。

何度もお礼を言って別れ、しばらく行って振り返ると、おじさんたちはまたホウガンノキの下を箒で掃いていた。手に持った花はお寺までずっとほのかに香っていた。

仏の手

湖畔を歩いて仏歯寺に向かう。街の中心部へ出る地点には橋が架かっていて、橋の上から川の土手にカワセミが来ているのを眺める。橋のたもとには大木が緑陰をつくっていて、その下を仕事に向かう人や朝の用事を済ませようとしている人々が急ぎ足で歩いていく。

寺院は湖畔から少し奥まった位置に建っていて、人々が次々にやってくる。お参りを終えて帰ってくる人もいる。上下白い服を着ている人は敬虔な信者だろうか、それともお参りするときは白と決まっているのだろうか。教会の場合は黒い服を着ている人が多いが、お寺では白なのだなと思う。私はなにも考えずに黒っぽい服で来てしまったが、大丈夫だろうか。おばあさんも白いブラウスに白いスカート姿でかわいらしい。男の人も白シャツで、Tシャツ姿だけれども白という人もいる。

入口でお金を払い、靴を脱いで中に入ると、お花を売っていたので買う。お花は日本のように花束ではなく、紙皿の上に花の部分だけを切って美しく盛ってあって、青紫色のハスに白いジャスミンを乗せたものや、白いダリアだけのものなどさまざまである。売り子のおじさんが、しおれないように、時折しゅっしゅっと霧吹きで水をかけていて、一帯にかぐわしい花の香りが漂っている。ここで買うのではなく、家の庭で摘んだ花を小籠に入れて持ってくる人もいる。

にぎにぎしく太鼓を鳴らし笛を吹いて演奏している人たちがいて、階段を上がっていくと、踊り場にも仏様がいらっしゃったので、お供えの花を一輪だけ置く。そうすると伏し目がちだった仏様がじっとそれを見られたようにみえて、はっとする。あっ見ておられると思う。ああそうだった、仏様は見えておられるのだったと思い出す。

人々に倣って上へ上へ上がっていくと、大勢の人が列をなしていて、どうやら仏歯の入っている塔を拝めるらしいのだが（それは七重の金の塔で保護されている）、参拝のしきたりを知らぬまま、白い服の人たちばかりの行列に紛れ込んでしまい、不安になる。

やむを得ず立って順番を待っている間にも、違う入口からお花を持ってきた参拝者が次々に大きな台の上にお花をお供えして一心にお祈りしているようすが見える。最前列で熱心にお祈りしている人たちもいれば、後方で座ってお祈りしている人たちもいる。その人々とお花が半端ない量である。

けれどもお供えするのがお金でなくお花であるのがいいなと思う。お花は誰にとっても心休まる、いいものだ。めいめいお花を持ってきてお供えして（人の供えた花の上に置いてもよい）、手を合わせてお祈りしているのを見ると、それだけでいいと思う。祈るときは合わせた両手をまず額につけ、次に口もとにつけてという動作を繰り返している。子連れの女の人が一心にお祈りしていて、終わると子どもを促して去っていく。男の人が持ってきたお花をひとつずつ丁寧に置いている。あれはひとつずつ置きながらお祈りしているのだろう。そこにあるお花をぽんぽんと両手で触ってから熱心に祈る人もいる。みんな真剣だ。祈るときはみんな無心だ。

上がってくる階段の隅でもおばあさんや夫婦やおじさんが座り込んでずっとなにかを

祈っていた。お祈りせずにはいられないことがこの人たちにはあるのだろうと思う。私だって祈るしかできないことがあったら、ああして祈り続けるだろうと思う。祈りとはそういうものだ。

それでやっと仏歯の塔の扉が開いて、私たちの列も動いたと思ったら、塔が見える正面を素通りに近い勢いで通り過ぎる際に、手に持っていたお花をお坊さんが奪うようにして扉の内側に積み上げてくれる。その一瞬だけ立ち止まって、急いでお祈りする。そしてちらりと奥に鎮座している仏塔を見たが、観光写真で見るよりも(そこに写っていたのはただの金ピカの塔だった)ずっと品よく、銀色にきらめいてみえて美しかった。

なにかほっとして堂内を出て、隣の館に移動するとそこは博物館で、仏像が何体も何体も安置されていた。それぞれに様式が違っていて、仏師や製作年代が違うようである。一体一体を丹念に見ていく。大理石でできた仏様の印を結ぶ手がみごとで、なかに玉を持つ仏様と、胸のそばに手を添える仏様をよく拝見する。

ふいに、学生時代アルバイトをして旅費を稼いでは奈良に行き、ひとりで仏像巡りをしていたことを思い出す。奈良ではいつも同じ宿に泊まって、毎日電車やバスに乗って、ほうぼうのお寺に行って、仏像を見て歩いた。仏教美術として鑑賞するのでも、あるいはなにかを祈願しにいくのでもなく、たださまざまな仏像を見て、自分の気持ちに合う仏像に会うと、その前でじっと立って仏様の声を聞いていたのである。

仏様の声といっても、結局は自分との対話なのだが、ただ仏様の前に立っていると、どこからか声が下りてくる気がした。そして思ってもみなかった答えをもらう。その頃の私は、自分はこれからどうあるべきか、どう生きるべきかを模索していて、その答えを探していた。それは人に教わる類のものではなく、自分で探さねばならないとわかっていた。それで私はもの言わぬ仏様を前にして、自身のたましいを観照していたのだ。

ひんやりと薄暗く、静謐に満ちた堂内に立って、仏様の流れ落ちる衣の襞、ゆるやかな体つき、こちらの心を見通す澄んだまなざしを見つめていた、あのときの心持ちを鮮明に思い出す。

奈良に行けないときは、上野の東京国立博物館の法隆寺宝物館に行って仏像を見た。あれは就職が決まった後だったろうか、ひさしぶりに東博に行こうかとのびやかな気持ちになって訪れたのだが、見ていくなかに玉を手にしたごく小さな金銅仏があって、その仏様を見た瞬間、強い衝撃を受けて立ちつくしたこともあった。

私は仏様の玉を持つその手を見て、手にしている玉は大切にしなければならないと厳しく正された気がしたのだ。なぜそう思ったのかはわからない。ただそう思ったのだ。そうだ、自分の掌中の玉は自分で磨き、自分で大切にしなければならない。

スリランカのキャンディで思いがけず玉を持つ仏様に出会い、私は長らく忘れていた大事なことを思い出させて下さったことに感謝する。そしてこれからも玉を持ち続けていられますようにとお願いする。といってもこの仏様は実際に玉を手にしておられるのではなく、手の印だけで玉を持っていることを示しておられる。それが見ただけでわかるのである。

博物館を出る前にもう一度玉の仏様の前に立つと、大丈夫、ちゃんと持っているから、おまえは持ち続けられる、と言われた気がした。昔のようにそう心に聞こえてきた。嬉しかった。仏様が持っておられる、見えない玉が今日見えたのも嬉しかった。

博物館を出て中庭を通り、仏歯寺を出る。橋からはとぎれることなく、白い服をまとった人たちがやってくるところであった。

紅茶丘陵

スリランカの朝はコーヒーではなく紅茶である。それも大きなポットになみなみと入った紅茶にミルクピッチャーとお砂糖壺がついてくる。紅茶の色は透明感のある赤茶色で、ミルクとお砂糖をたっぷり入れて飲むと、さらさらと飲みやすく、爽やかな香りと清新な味わいがあって、いくらでも飲めてしまう。紅茶のおいしさに改めて目覚めた気分である。この朝の快い習慣を帰国してからもぜひ続けたいと思うほどだ。

古都キャンディから中央高地のヌワラエリヤへミニバスに乗って移動してゆくと、バスは次第に標高を上げ、周囲の丘陵地のすべてが緑の茶畑となった。お茶の木の生育には日当たりがよく、昼夜の寒暖差の大きい場所が向いているため、標高一五〇〇メートルほどのこの高地は栽培に適しているのだろう。行けども行けども目に入るのは紅茶丘陵である。夕刻の金茶色の斜光線が緑の葉に当たって光っている。

この丘陵の茶葉は国内のみならず世界中に輸出されていくのだ。どこまでも続く畑の一部にはリプトンなどの有名企業の所有地であることを示す看板が建っていたりもする。たしかにあれほど世界中に供給されている紅茶なのだから、ここのみならず、他にも巨大な面積の茶畑を所有していなければ到底経営は成り立たないだろう。スリランカがセイロンと呼ばれていたイギリスの植民地時代にこの高地一帯が大規模開発されて、広大という言葉を通り過ぎて甚大な面積の茶畑が育成され、そして独立後も国の基幹産業として継続している。

その日泊まった宿も高台に建つ、紅茶丘陵をはるばると見渡すホテルだった。ヌワラエリヤは標高が高く、朝晩は冷涼な空気に満ちているため、欧米からの避暑地にもなっている。早朝ベランダに出ると、あたりにはうっすらと霧がかかっていた。茶畑を見下ろしながら、ここが紅茶丘陵になる前はどんな景色だったのだろうかと思った。

女学校の記念行事

ラトゥナプラは宝石売買の町として知られているのだが、町全体に宝石商がひしめいているということではなく、宝石商の店が並ぶのはごく町はずれの一角で、中心部にはバスの通る大通りがあり、路地には古くからの小さな商店が軒を並べ、露天商が店を広げて、人々が日常の買い物を楽しんでいた。私たちも、百年前から同じ窯で焼いているというパン屋ご自慢のパンや、なにに使うのかよくわからない花形の金型を金物屋で買ったりしながら、果物屋や乾物屋や文房具屋や生地屋をのぞいて歩き、大通りを渡って、散歩がてら高台へと上がっていった。

どのくらい上がっていっただろうか、細い石段を上がった先で、女子校と思われる建物の前に出た。白い制服を着た小学生から高校生くらいの年齢の女の子たちが、建物の内部にも校門の前にもたくさんいて、笑いさんざめいている。女子生徒だけでなく、卒業生や保護者や先生方と思われる大人たちも混じっている。

そこにいる人たちが、全員白い服装をしているのだ。スリランカでは白が礼装なのだろう。生徒たちは白いワンピースの制服で、大人たちも女性は皆白いサリーを着ている。私が子どもの頃住んでいた関西の阪神間にも夏服がまっ白なワンピースの女子校があって、通学電車のなかでもとてもめだっていたのだが、まっ白な制服を毎日白いまま保っておくのは至難の業だろうと、ふつうに紺の制服だった私はいつも思っていた。しかしスリランカの女子生徒たちの白い制服姿はごく自然で、汚れなど微塵も感じさせない。目が合った女の子ににっこりすると、向こうもにっこりする。どこの国も同じである。するとそこで立ち話をしていた白いシャツに眼鏡の男性が（男性は数えるほどしかいない）笑顔で近づいてきて、肩に掛けていた白い紐を私の手首にさっと結んでくれた。インドで僧侶が結んでくれたのは赤い紐だったが、今度は薄い赤みがかった白である。前の紐が数ヶ月前に切れたところだったので、こうしてまた新しく結ばれたのも縁だと思う。男性になにか行事をしておられるのか聞くと、今日はこの学校の百周年記念のお祝いをしているんです、どうぞお入り下さいと校内に招じ入れてくれた。

時間はちょうどお昼どきで、講堂ではランチパーティが開かれている。保護者が持ち寄ったと思われる料理が脇のテーブルの上にどっさり置かれていて、そこからバイキング形式に好きなものを取って、並べられた木製の長机でめいめい自由に食べるのである。椅子にはきちんと白いカバーが掛けられていて、大きな窓からはさんさんと光が入り、楽しげに食事をする人たちのざわめきと相まって、講堂内は晴れがましいお祝いの雰囲気に包まれている。

料理は特別なご馳走ではなく、ゴーヤやインゲンやポテトやナス、オクラ、豆、フィッシュ、チキンなど、スリランカで日常的に食べられているカレーである。お昼ごはんを食べたばかりで、食べたくてもあまり食べられないのが至極残念だったが、眼鏡の男性は遠慮しないでどんどん取って下さいと、お皿に山盛りに盛ってくれる。私は青くなってもう結構ですと言いながら、隅に素焼の平たい小鉢に入ったカードを見つけてひとつもらった。カードは水牛の乳を使ったヨーグルトで、独特の風味がある。町の店頭で売られている自家製カードは植木鉢ほどに容器が大きく、手が出せないでいたが、ここにあるカードはひとつひとり分の食べ切りである。素焼の小鉢に入れるのは昔ながらの製法で、鉢がヨーグルトの水分を吸って頃合いの固さになるからだろう。

眼鏡の男性は教師ではなく女子校専属のドクターで、小学生の生徒たち数人と一緒に私たちの前に座り、山盛りのランチを食べ始めた。女の子たちは興味津々で私たちを見ている。ドクターはこの学校には生徒は三千人以上いて、先生方は三百人以上いると話す。寮もある巨大な女子校である。ドクターは話しながら、カードにはヤシノミの蜜をたっぷりかけるといいと瓶を渡してくれる。少し癖があって濃厚なカードは蜜をかけると格段に甘くおいしくなる。

ランチを食べ終わると、ドクターは奥から生徒をふたり呼んできて、このふたりは来春から日本の京都の女子校に留学するんですと言って、私たちに引き合わせてくれた。おそらく学内で成績最優秀のふたりなのだろう、黒髪をお下げにして、天真爛漫な天才肌と眼鏡をかけた秀才タイプの、みるからに賢そうな彼女たちは、はにかんだ笑みを浮かべて、跪いて目上の人にするスリランカ式の礼をしてくれた。私はすっかり恐縮して、お名前を教えてもらえますかとノートを差し出すと、ふたりは恥じらいながら学校名と名前を書いてくれた。

その文字が、うんと小さいのである。優等生なのになぜそんな豆粒みたいな字を書くのだろうと思って、次の瞬間、彼女たちにとってはノートやペンは大切に惜しみながら少しでも長くたくさん使えるように、字を小さくして使うべき貴重なものであって、しかも私のような年上の外国人の持ち物に自分の名前を書くことなど初めてだったのだろうと思い当たった。私は他のページにある自分の乱雑な殴り書きをたいそう恥じた。そしてお礼を言って、おそらくなんの役にも立たないだろうけれども、もし日本に来たときに困ることがあったら連絡して下さいと言って名刺を渡した。

それからドクターに、カードの入っていた素焼のうつわをもらって帰ってもいいかと聞くと、ドクターはおかしそうな顔をして、もちろんどうぞとあり合わせの紙に包んでくれた。最先端技術を誇る先進国の日本人がなぜこんな粗末なものを欲しがるのだろうといぶかしく思っただろうが、私はその純朴さが欲しかったのだ。

学校では十九時から古来の民族舞踊が行なわれるということだった。私たちはおいとましたが、一日かけて記念行事が続いていくのだろう。白い服をまとった女性たちで学校全体が明るく清らかな感じに満ちていて、未来が輝いてみえて、美しかった。

日曜日の夕暮れ

　バスに乗り込むと、いちばん奥の隅に座っていた若い男の人がさっと立って席を譲ってくれた。スリランカではバス路線が市民の足として発達していて、大抵どのバスもぎゅうぎゅう詰めの満員で立錐の余地もないほどだけれども、女の人が乗ってくると、必ず男性がすぐに立って席を替わってくれる。若くても年を取っていても、女性の年齢は関係ない。私はお礼を言って窓際のその席に座った。

　顔に絆創膏を貼った男性の車掌がやってきて、行き先を聞き、てきぱきと切符を切ってくれる。制服などはなく、皆ポロシャツなどのふだん着で勤務している。バスにはこうした車掌が必ず乗っていて、乗客は運賃箱にお金を入れるのではなく、車掌に行き先を言ってお金を払い、切符をもらう。彼は手に持った色とりどりの切符から行き先を瞬時に選んでパンチで穴を空けて渡してくれる。バスの運転は総じて荒く、とんでもないスピードを出して走っていくのだが、まだ年若い車掌はうまくバランスを取って、お客が乗るたびにすいすいと車内を歩いて切符を切っていく。そうして手が空くと運転席の横か降車口で、真面目な顔をして外を見ている。

バスは町なかを抜けていく。ゼラニウムの鉢の並んだ家。野菜売り、ピーナッツ売り、移動販売のパン屋の車。路上に服の山を作って売る人。三人で立ち話をしている痩せた若者。おじさんたちは家の前に出した椅子に座って大笑いしている。とぼとぼと歩く犬。ヤシの木と露店のヤシの実。道を歩く女の人と小さな子どもたち。

私を窓際に座らせてくれたお兄さんが途中で降りていったので、もう一度「ステューティ（ありがとう）」と声をかけると、にっこりして、ゆらゆらと頭を揺らす。インドと同様、スリランカでも首を横に傾げるのがイエスの意味であり、どういたしましてというニュアンスも含まれている。細身の彼はピンクの小花に黒い蔓草柄の白いシャツがよく似合っていた。

彼は混み合ったバスの中を苦労して降りていったのだが、同じようにして多くの人たちが市場が開かれている町角で降りていく。今日は日曜日なので、郊外から出かけてきて、買い物を楽しむのだろうか。あの小花模様の彼もおしゃれをして、町に出かけてきたのか、それとも郊外へ出かけて家に帰るところなのか、どちらかわからないけれど、バスを乗り降りする人も、歩いている人も、涼んでいる人も、立って話している人も、町の混雑の感じがどことなく、休日らしいなごやかさに満ちている。

通りすがりのお菓子屋の前では、お父さんが子どもたちと三人で仲よくベンチに座っていた。たまたまバスがその前に停まったので、車内から一枚写真を撮った。するとお父さんが気づいて、手を上げて笑ってくれた。私も笑って手を振ったのだが、そのときに、ああ今日はどこの国でも同じ、日曜日の夕方なんだなと思った。そう思うと、人々のくつろいだようすが、夕べの雲のくれないまでが、それらしくみえてきた。

名もなき駅

スリランカ南西部の丘陵地、ホートンプレインズでトレッキングをした後、ガイドに車で送ってもらった駅は小さな田舎駅であった。列車は一日に上下数本しか来ない。次の電車まで二時間近くあるので、ここしかないよと教えてもらったレストランで野菜のビリヤニを食べてから、駅で待っていようと、再び外へ出て歩いていった。

駅までの間にぽつりぽつりと家が建っている。英国ふうのしゃれた古い家が多い。人が住んでいるのかいないのか、なかには窓ガラスの割れた家もある。けれども家の前の庭はきちんと畝を作った畑になっていて、午後の日ざしを浴びて葉もの野菜の緑が光っている。粗末な造りながら木戸もある。今は農作業小屋として使っているのだろうか。

空色の木枠の窓に白い石壁、素焼の瓦屋根の平屋建てがかわいくて、この家欲しいね、などと言いながら駅に向かう。畑の先にはもう駅舎が見えている。

線路の回りにはオレンジやピンクの明るい色の花々が咲き乱れている。それが午後の光に照らされて、少しの風に揺れている。バーもなにもない踏切を車が何台か越えていく。私たちも線路を渡ろうとした手前で、黒に茶色いぶちの犬が二匹、寝そべって尻尾を振っていた。なでると立ち上がってついてくる。

線路から申し訳程度に一段上げた土のホームを一緒になって歩いていく。ホーム脇には仏様を安置したミニ参拝所もある。駅はパッティポラという名で、スリランカで最高所にある駅だと看板を掲げてある。その下には鉢植えの花がたくさん飾ってあって、金属製のベンチが置いてある。

犬たちの片方は乱暴者の雄で、参拝所やなにかにマーキングをした後、どこやらへ帰っていったが、もう片方の雌はずっとついてきて、ホームに横たわる。なでたら喜ぶので、ずっとなでてあげた。手を止めるともっとやれと催促する。話しかけながらなでると静かにして聞いている。犬が気持ちよさそうでこちらも嬉しい。

電車はなかなか来ない。犬のそばを離れて、あたりをぶらつく。駅の掲示板にあるスリランカの文字は丸っこく、子どもがふざけて書いた丸文字のようにもみえる。誰もいない待合室では西日が窓格子の影を床に落としている。後は座ってぼんやりと待つ。列車が来なくてもちっとも苦痛ではない。晴明な日ざしが降り注ぎ、清涼な風の吹き抜ける、午後の静けさに満ちた駅のホームにはこれ以上ないほどの幸福が漂い、ただ座っているだけで充分に満ち足りた気持ちである。さっき見たあの家安そうだし、買って住みたいくらいだ。

ひとりふたりと列車を待つ人が現れてからもずっと待って、列車はようやく来た。犬は立ち去ることなく、少し離れたところで寝そべっていたのだが、電車に乗る前にもう一度そばに行って、いい子にして皆にかわいがってもらうんだよ、長生きするんだよと何度も言って別れる。犬はなんでもわかっているという表情でじっとこちらを見上げる。

車内は混んでいて乗り込むのがやっとで、私はドアのそばに立ったまま、列車は動き始めた。ゆっくりと、今まで見ていた景色が後方へと去っていく。なぜ私は今、この駅を後にして先に進まなければならないのだろう。

名もなき駅

⑪マレーシア

⑫インドネシア
ブキティンギ（スマトラ島）
バリ島

⑬フィリピン
セブ島

⑭台湾
台北

⑮ロシア・サハリン島
ユジノサハリンスク
ドリンスク

⑯ニューカレドニア
ヌメア

⑰カナダ
チャーチル
サンスカチュワン
トンプソン
ウィニペグ

⑱メキシコ
ティファナ
サン・イグナシオ
サンタ・ロザーリア
グアイマス

⑲チリ
サンティアゴ

❶イギリス
コニストン

❷ポルトガル
アレーデ
シルベス
ラーゴス

❸スペイン
マドリッド
アルヘシラス

❹スイス
チューリッヒ
ブリーク
ミューレン
ツェルマット

❺ギリシャ
アテネ
スピリ(クレタ島)

❻キプロス
アカマス
トロドス
カコペトリア
グラタ
コルノス
レフコシア
レフカラ

❼アラブ首長国連邦
ドバイ

❽インド
ニューデリー
ジャイサルメール
ムンバイ
プーネ
サタラ
アウランガーバード

❾スリランカ
キャンディ
ヌワラエリア
ホートンプレインズ
パッティポラ
ラトゥナプラ

❿タイ

おわりに

旅の夜といって夫が思い出すのは、夜中に暗くなった機内でふと目を覚ますと、回りの乗客が毛布をかぶったり横になったりして眠っているなかに、私がひとり起きて、手もとのライトをつけて一心にノートを書いている姿だという。そのページがまた昼間見たときよりものすごく進んでいて、もう寝なよと思う、と言っていた。たしかに人々が寝静まった機内は、コーッという絶え間ない飛行音と暗闇を流れる涼やかな空気だけで、どこの国の上空とも知れぬ、時間の境目も定かでない、地上はるかに浮き上がった時空間である。そこで私はさらに自分の記憶の箱を開けて、昼間は体験するので忙しかった、自分が出会ったことや見聞きしたものや考えたことや思ったことをせっせと書き留めている。そうして私はここではないどこかをいつも旅していたいのだ。

前著『街と山のあいだ』に続き、軽やかで美しい装丁をして下さり、「旅に出たくなります」とおっしゃって下さったデザイナーの櫻井久さん、端正な本に仕上げて下さったシナノ書籍印刷の皆さん、悩みがちな私を励まし、「待っている人が必ずいますから」と言い続けて下さったアノニマ・スタジオの村上妃佐子さん、旅先で出会い、心をかけて下さった数多くの方々、これまでの旅をともにして下さった皆さん、そしていかなるときも常に私を支え続けてくれた夫に、この場を借りて深く感謝申し上げます。

若菜晃子

二〇一九年十一月

初出一覧

ラクダ使いのミティ　『mürren』二〇一八年七月（「ミティの石」を加筆の上改題）
夜の旅　『徒歩旅行』二〇一一年九月
オランダ浜　『AIGLE PRINTENPS-ETE』二〇一〇年春
ゴバンノアシ　『mürren』二〇一八年七月
裏庭の冒険／シオンの裏庭／裏庭三題／別世界からの帰還　『coyote』二〇一〇年十二月号
キプロスの壺　『mürren』二〇一五年六月
キプロスの切手　『mürren』二〇一四年一二月
キプロスの木「心の木」　『mürren』二〇一八年七月
市場の甘味食堂　『mürren』二〇一九年一月（「バナナ甘味食堂」を加筆の上改題）

若菜晃子（わかなあきこ）

一九六八年兵庫県神戸市生まれ。編集者、文筆家。

学習院大学文学部国文学科卒業後、山と溪谷社入社。『wandel』編集長、

『山と溪谷』副編集長を経て独立。山や自然、旅に関する雑誌、書籍を編集、執筆。

著書に『東京近郊ミニハイク』（小学館）、『東京周辺ヒルトップ散歩』（河出書房新社）、

『徒歩旅行』（暮しの手帖社）、『地元菓子』、『石井桃子のことば』（ともに新潮社）、

『東京甘味食堂』（講談社文庫）、『岩波少年文庫のあゆみ』（岩波書店）、

『街と山のあいだ』、『途上の旅』、『旅の彼方』（ともにアノニマ・スタジオ）など多数。

本作『旅の断片』が二〇二〇年に第五回斎藤茂太賞を受賞。

「街と山のあいだ」をテーマにした小冊子『mürren』編集・発行人。

旅の断片
二〇一九年十二月　十二日　初版第一刷　発行
二〇二四年　五月二十三日　初版第五刷　発行
著　者　若菜晃子
発行人　前田哲次
編集人　谷口博文
アノニマ・スタジオ
〒111-0051　東京都台東区蔵前2-14-14　2F
TEL.03-6699-1064　FAX.03-6699-1070
発　行　KTC中央出版
〒111-0051　東京都台東区蔵前2-14-14　2F
印刷・製本　シナノ書籍印刷株式会社

ISBN978-4-87758-803-8 C0095

アノニマ・スタジオは、
風や光のささやきに耳をすまし、
暮らしの中の小さな発見を大切にひろい集め、
日々ささやかなよろこびを見つける人と一緒に
本を作ってゆくスタジオです。
遠くに住む友人から届いた手紙のように、
何度も手にとって読み返したくなる本、
その本があるだけで、
自分の部屋があたたかく
輝いて思えるような本を。